Colette Guedj

Schmetterlingskuss

COLETTE GUEDJ

Schmetterlingskuss

An Muriel, das Kind, das ich nie verlieren werde

Aus dem Französischen
von Michael von Killisch-Horn

Goldmann Verlag

Die französische Originalausgabe erschien 1999
unter dem Titel »Le baiser papillon«
bei JC Lattès, Paris.

Umwelthinweis:
Dieses Buch und der Schutzumschlag
wurden auf chlorfrei gebleichtem Papier gedruckt.
Die Einschrumpffolie (zum Schutz vor Verschmutzung)
ist aus umweltfreundlicher und recyclingfähiger PE-Folie.

1. Auflage

Satz: Uhl + Massopust, Aalen
Printed in Austria · Wiener Verlag
ISBN 3-442-30907-7

Dieses leichte Schlagen von Wimpern auf meiner Wange nannten wir »Schmetterlingskuss«.

Ich widme Muriels Geschichte all den Kindern, die gestorben sind und die leben wollten, Françoise, Pierre-Arnaud, Gaël, Violaine, Lauriane und den anderen,

denen, die nicht mehr leben wollten und die ebenfalls gestorben sind, Manu, Dominique, Rami und den übrigen.

»Die Gründe, die zum Schreiben
drängen, sind vielfältig,
und die wichtigsten sind,
scheint mir, die geheimsten.
Dieser vor allem,
etwas vor dem Tod zu schützen.«

Kafka

Drei Jahre vergingen, Muriel, ehe ich mich entschloss, dieses Buch zu schreiben, das ich dir schulde. Zunächst, weil die erste Reaktion angesichts des Unannehmbaren ist, dass man schreit oder in Schweigen versinkt, was auf das Gleiche hinausläuft, und weil die Worte Zeit brauchen, um sich einzustellen. Und dann fürchtete ich und fürchte noch immer, dass, wenn ich über dich und folglich auch über mich spreche und wir auf diese Weise in Konkurrenz treten, ich im Vorteil sein könnte und mich schließlich hinreißen ließe, mehr über mich als über dich zu sprechen. Aber plötzlich wird mir das Vordergründige dieser Argumentation bewusst, denn dieses Buch ist eine andere Weise, dich wieder zur Welt zu bringen, und das kann mir nur gelingen, wenn ich sie noch einmal durchlebe, unsere gemeinsame Geschichte, durch die wir untrennbar miteinander verbunden sind, ich die Mutter, du das Kind; wie oft haben wir im Übrigen die Rollen getauscht, du die Mutter, ich das Kind.

Das Schwierigste aber ist, dass ich meine Worte zähmen muss, dass ich sie zwingen muss, nicht mehr zu sagen, als angebracht ist, aber auch nicht weniger, dass ich sie daran hindern muss, in die Falle eines selbstgefälligen Rausches zu tappen, für den du nur das Alibi wärst; wenn ich andererseits deine Geschichte allzu ungeschminkt erzählte, würde ich Gefahr laufen, dich auf ein Klischee zu reduzieren. Die quälendste Frage aber bleibt in jedem Fall: Wie finde ich die treffenden Worte, die, ohne sie erstarren zu lassen, ohne sie zu beeinträchtigen, deine makellose Schönheit wieder zum Leben erwecken – und die beschwingte Anmut deiner Gegenwart?

Wenn ich mich dennoch heute entschließe zu schreiben, schweren Herzens, so nicht deswegen, weil der Schmerz oder meine Bedenken oder die Schwierigkeit, den richtigen Ton zu finden, kleiner geworden wären, ganz im Gegenteil, sondern weil ich dich vor dem Vergessen und der Erosion durch die Zeit bewahren möchte. Und diese Notwendigkeit, um jeden Preis zu verhindern, dass die Katastrophe deines Todes verharmlost oder relativiert wird, oder, schlimmer noch, dass man sich daran gewöhnen könnte, ist heute wichtiger als die Gründe, die ich mir zurechtgelegt hatte, um stumm zu bleiben. Über dich zu sprechen, über deinen Mut, über deine Tapferkeit, über deine Sanftheit – und schon schränke ich dich ein, verkleinere dich, und eben das macht mir Angst –, ist die einzige Möglichkeit zu verhindern, dass du ein zweites Mal stirbst.

Auf keinen Fall darf ich diese Geschichte in die Grenzen einer chronologischen Linearität zwängen, auch wenn natürlich zeitliche Orientierungspunkte ihren Verlauf markieren. Denn das würde bedeuten, dass ich dir Schranken zuweise, zu denen deine Präsenz in meinem Inneren, strahlend und unbestimmt, eindeutig im Widerspruch steht; alles, was ich wieder zu fassen bekommen möchte, sind diese Bruchstücke deines Lebens, aus denen sich meine Erinnerung zusammensetzt und von denen ich verlange, dass sie mir einen Sinn liefern, so etwas wie ihren verborgenen Zusammenhang. Oder sollten am Ende sie von mir diesen Sinn einfordern, den allein ich rekonstruieren kann? Deswegen werde ich allerdings weder Erleichterung noch Trost finden, noch wird dies für mich ein Anlass sein, das Geschehene auch nur im Mindesten zu akzeptieren; aber ich werde Beruhigung finden bei dem Gedanken, dass dein Tod, so wenig ich ihn auch akzeptieren konnte und jemals können werde, deinem Leben eingeschrieben war und dass es dir vergönnt war, es zum Abschluss zu bringen.

Am 24. April 1985, oder war es der 25., es gelingt mir nie, mich an das genaue Datum zu erinnern, an einem Mittwochmorgen, es war in Nizza, und du warst auf dem Weg zur juristischen Fakultät, wurdest du wenige Schritte von der Place de l'Île de Beauté von einem Bus überfahren, der eine rote Ampel übersehen hatte. Du warst neunzehn. Du hattest dich für diesen Kompromiss, das Jurastudium, entschieden, was dir erlaubte, deinen eigenen Weg zwischen den gegensätzlichen Wünschen einer literarisch orientierten Mutter und eines wissenschaftlich ausgerichteten Vaters zu gehen. Dennoch hattest du später, nach dem Unfall, gesagt: »Wenn ich Medizin studiert hätte, hätte ich nicht diesen Weg genommen.« Der Bus hat dich mehrere Meter mitgeschleift, und du hast den Apfel fallen lassen, den du dabei hattest. Deine Jacke musste im Krankenhaus zerschnitten werden, als man dich untersuchte, das hat man mir erzählt, da ich ja nicht dabei war. Ich habe mir lange vorgestellt, wie du auf der Fahrbahn lagst, den Himmel über dir, und das Meer ganz nah, dein grüner Apfel rollte ein paar Schritte von dir entfernt über die Straße, und deine aufgeschlitzte Tasche (eine schöne handgefertigte und bestickte Ledertasche, die dir als Schultasche diente und die du dir von mir auszuleihen pflegtest, wenn du Eindruck schinden wolltest), lag auf dem Boden. Diese Bilder von dir, die mir übermittelt worden sind, habe ich poliert, tausendmal vor meinem inneren Auge Revue passieren lassen und neu erfunden, als müsste ich meine Abwesenheit dadurch wiedergutmachen, dass ich mich bemühe, das Geschehene zu rekonstruieren und gründlich von allen Seiten zu betrachten. Ich weiß nicht, ob man mir gesagt hat, dass der Himmel an jenem Tag blau war, ich glaube aber, er war es, und ich weiß auch, weil ich wieder und wieder darüber nachgedacht habe, dass man trotz des blauen Himmels sterben oder in höchster Lebensgefahr schweben kann. Dass der strahlende Glanz der Schönheit nicht zwangsläufig unvereinbar ist mit dem Skandal des Todes oder, genauer, dass er ihn nicht verhindern kann. Wie oft hatte mich, wenn ich die Bilder reizender kleiner Städtchen betrachtete, die nur wenige Schritte von ihrem Zentrum entfernt Konzentrationslager beherbergt hatten, diese ungeheuerliche, so unangebrachte Komplizität mit dem Licht erstaunt.

Der Himmel. Ich erinnere mich an einen Satz von dir: »Mama, schau nur, da drunter sieht man den Himmel«, hattest du eines Tages zu mir gesagt, als wir beide unter einem transparenten Regenschirm Schutz suchten, den ich in einem Laden entdeckt hatte und auf den ich so stolz war. Ich habe diesen Regenschirm inzwischen verloren und trauere ihm noch heute nach, weil du ihn mit deinen einfachen Worten zu einem heiligen Gegenstand gemacht hast.

Am Tag deines Unfalls war ich an der Universität von Jerusalem, um dort Vorträge über Poesie zu halten. An jenem Morgen sprach ich über Robert Desnos, einen französischen Dichter, wie ich einleitend erklärt hatte, geboren in Paris, gestorben mit vierundvierzig Jahren im Konzentrationslager Theresienstadt in der ehemaligen Tschechoslowakei.

Ich sehe mich noch, am selben Tag, als Schlag neun die Sirenen aufheulten und die Bevölkerung wie jedes Jahr um diese Zeit einluden, eine Schweigeminute zum Gedenken an den Holocaust einzulegen. In Frankreich war es zehn. Dein Unfall war eine Stunde zuvor passiert. Und während ich instinktiv in Erinnerung an jene zehn Millionen im Tod vereinter Menschen aufstand, legte man dich in ein Krankenhausbett, in dem du zu deinem Tod geboren werden solltest. In diesem Hôpital Saint-Roch, dessen Innengärten ich durch einen merkwürdigen Zufall ein paar Jahre zuvor fotografiert hatte, und ich erinnere mich, dass ich von der stillen Schönheit fasziniert war, die sich hinter diesen dem Leid geweihten Mauern eines ehemaligen Klosters verbarg. Dorthin, in diesen ruhigen Patio, in dem sich das ganze menschliche Elend stapelt, nachdem die Notaufnahme die Spreu vom Weizen getrennt hat, dorthin hat man dich gebracht, nachdem man dich von der Fahrbahn aufgehoben hatte, verletzt, aber am Leben. Und man hat dir den Tod injiziert. Einen langsamen Tod, der sich Zeit lassen sollte. Man hat dir das Blut eines anderen übertragen, mehrerer anderer, die sich angesteckt hatten, Blut, das man in den Gefängnissen abgenommen hatte. Und meine Mutter hatte, während man auf die Blutkonserven wartete, die dir angeblich das Leben retten sollten, angefangen, kreuz und quer durchs Krankenhaus zu laufen und zu schreien: »Wenn sie sich nur nicht in der Blutgruppe geirrt haben.« Nein, sie hatten sich nicht in der Blutgruppe geirrt, es war nur schlechtes Blut, verdorbenes Blut, das sie dir buchstäblich in die Adern gegossen haben, um ihre Vorräte aufzubrauchen. Diese Venen, die du ihnen Dutzende und Aberdutzende von Malen während deines ganzen armen Lebens vertrauensvoll hingehalten hast – und wie oft vergebens, lediglich für die Statistik: »*Elle n'a pas de veine,* sie hat keine Vene«, sagte die Krankenschwester, während sie deine Armbeuge abklopfte, um den zarten Strang hervortreten zu lassen, und ich erwiderte: »*Elle n'a pas de veine,* [was auch bedeuten kann »Sie hat keinen Dusel«] *mais elle a de la chance;* aber sie hat Glück.« Und wir lachten alle drei über dieses Bonmot.

Wer hätte auch nur im Traum daran gedacht, dass du die Bedeutung des Ausdrucks *se faire du mauvais sang,* »sich Sorgen machen« [wörtlich: sich das Blut verderben], den ich in meiner Kindheit und auch später noch so oft gehört hatte und der in Algerien die Wendung *se faire du souci* ersetzte, auf deine Weise konkretisieren solltest, indem du nachträglich den vom Matriarchat festgesetzten Stammesregeln zuwiderhandeltest und sie gegen dich richtetest: »*Ne me fais pas faire de mauvais sang,* mach mir keinen Kummer«, sagte meine Mutter, die als gute jüdische Mutter bei jeder sich bietenden Gelegenheit mit diesem Satz drohte, in der geheimen Überzeugung, dass sie uns davon abbringen könnte, ihr wehzutun. Und er war alles auf einmal: Drohung, Verteidigung, Gebet, Erpressung. Eine moderne Variante dieses Mutter-Tochter-Gesprächs, das seit uralten Zeiten dem Zweck dient, unterschwellige Schuldgefühle einzuimpfen, ist die Geschichte, die du mir in Erinnerung gerufen hattest und an die ich mich noch heute nicht erinnern kann, ohne rot zu werden: »Eines Tages, Mama, war ich nachts nicht nach Hause gekommen, und als ich um fünf Uhr morgens zurückkam, habe ich dich gesehen, du hast im Bademantel auf dem Gehsteig auf mich gewartet; mir war das peinlich, wegen meines Freundes, du sahst verstört aus und hast mich mit folgenden Worten empfangen, die mich wie ein Peitschenhieb trafen: *Merci,* Muriel, danke, Muriel.« Und du hattest die Betonung nachgemacht, die ich dem Wort *merci* gegeben hatte, indem ich besonderen Nachdruck auf die zweite Silbe legte, womit ich sehr viel mehr meiner Erleichterung als meinem Tadel Ausdruck verlieh. Ich erinnere mich, dass ich dich angesehen habe, wie du aus dem Wagen stiegst, meine Morgenschöne, ich erinnere mich an dein strahlendes Gesicht, das plötzlich erstarrte vor Überraschung und Scham angesichts der grotesken Situation. Du hättest darüber lachen können, wenn mein Anblick dich nicht gelähmt hätte.

Was hat dich veranlasst, gegen das Verbot zu verstoßen zu sterben, diese absurde Unhöflichkeit zu begehen von Kindern, die nicht hinter den Erwachsenen zurückstehen, vor allem, wenn es um so wichtige Dinge wie den Tod geht? Dabei hatte ich aufgehört, dich zu warnen, dich innerlich zu bedrohen mit den Worten: »Wenn du stirbst, bring ich dich um.«

Unfall, was für ein merkwürdiger Euphemismus für dieses Ereignis, das dich den Rest deines Lebens todkrank machte, bevor du schließlich den Folgen erlagst. Wenn man dem Wörterbuch glaubt, diesem Born der Weisheit, der uns die Bedeutung der Wörter liefert, ohne dass wir an ihrer Wahrheit zweifeln können, hat das Wort *accident* mindestens drei Bedeutungen: Die erste hebt ab auf ein »zufälliges, unvorhersehbares, unbedeutendes Ereignis«; die zweite nimmt Bezug auf ein »unangenehmes, unglückseliges Ereignis«; die dritte ist die eines Ereignisses, das »Schäden, Gefahren (Verletzungen, Tod) zur Folge hat«, und ich nehme besonders die Klammer zur Kenntnis.

Ich kann noch so sehr suchen, ich finde nichts in deinem Fall, was der Definition der Wörterbücher entspräche, und ich weigere mich gegen jede Sprachlogik, mit diesem Wort die Vorstellung von Einzigartigkeit zu verbinden. Denn dein angeblicher *Fall* hindert zwar die Erde nicht daran, sich weiter zu drehen, da er per definitionem isoliert ist, aber er zerbricht doch etwas Wesentliches im Universum durch den Skandal, den er darstellt. Dein Unfall ist weder zufällig noch unvorhersehbar, das kann ich fürs Erste nur verzweifelt beteuern, ohne Beweise dafür zu haben. Er ist bedeutungsvoll, er bringt die Ordnung der Dinge ins Wanken und verändert ihren Lauf. Er ist weder unangenehm noch unglückselig: er ist tragisch. Er hat keine Schäden zur Folge gehabt, über deren mögliche Auswirkungen man Buch führen könnte: er ist schlichtweg eine Katastrophe.

Man wird also, in Ermangelung von Bedeutungen, die die Bücher uns verheißen, die zu bestätigen das Leben sich aber weigert oder die es Lügen straft, den Sinn dieses Ereignisses suchen müssen, das auf Grund der Verkettung unglücklicher Umstände, der unüberschaubaren Verknüpfung von Zufällen, des komplizierten Laufs der

Dinge zu dieser Sekunde der Unachtsamkeit geführt hat, in der dein Leben aus der Bahn geraten ist. Ich werde nicht von dem sprechen, der schuld war, dass du von deinem Mofa gestürzt bist, wo du doch weiter geradeaus hättest fahren müssen; das ist das, was man Zufall nennt, und ich nehme die teuflische Präzision zur Kenntnis, mit der er es bewerkstelligt hat, dass diese ungeheure Maschine, die dein Leben zermalmt hat, auf die Sekunde genau deinen Weg kreuzte, sondern von dem, der sich, auf noch viel unwahrscheinlichere Art grausam, dem Schicksal in den Weg gestellt hat, um seinen Lauf zu ändern. Auf diese Weise bist du, anstatt durch einen Mofaunfall zu sterben und auf der Stelle tot zu sein, zunächst ins Leben zurückgeholt worden, um noch acht Jahre zu leben, den Tod in dir, bevor du ihn hast gewähren lassen. Wie dieser zum Tode Verurteilte in ich weiß nicht welcher Provinz der USA, den man wiederbelebt hatte, bevor man ihn hinrichtete. Natürlich könnte man sagen, dass jeder Augenblick, den du von da an gelebt hast, deinem Tod entrissen worden war und einen unerwarteten Aufschub bedeutete; natürlich dankte ich jeden Morgen dem Himmel, oder eigentlich dankte ich dir, dass du mir dieses Geschenk deiner Gegenwart machtest, allen Umständen zum Trotz. Und sehr rasch begann ich zu glauben, dass so viel Dankbarkeit dir gegenüber überflüssig wurde, so sehr warst du guten Willens zu leben, und so sehr war die Tatsache, dass du am Leben warst, eine Selbstverständlichkeit. Aber was soll diese Kumpanei mit dem Tod, bei der man so schamlos auf Tuchfühlung geht, wozu dieses abgekartete Versteckspiel mit ihm, bis er sagt: »Halt, ich spiele nicht mehr?« Oder hast du es vielleicht gesagt?

Erst als ich aus dem Flugzeug stieg, erfuhr ich, dass du einen Verkehrsunfall gehabt hattest und nun gerade an einem offenen Bruch des Beins und des Bodens der Augenhöhle operiert worden warst. Aus Furcht, mich während meiner Abwesenheit zu beunruhigen, und überzeugt, dass deine Verletzungen nicht lebensgefährlich waren (die Bluttransfusion war damals kein Thema), hatte dein Vater es vorgezogen, bis zu meiner Rückkehr zu warten, um mich ins Bild zu setzen. Ich habe ihm lange nicht verziehen, dass er dir zehn Tage lang meine Gegenwart vorenthalten hat, als du sie brauchtest, und andere als mich im Krankenhaus hat tun lassen, was meine Aufgabe gewesen wäre. Selbst wenn er mich dadurch schützen und an meiner Stelle den Schmerz ertragen wollte. Es stimmt allerdings, dass das seine Weise war, uns alle zu lieben, indem er so lange wie möglich die Wahrheit, die uns hätte wehtun können, zurückhielt, so wie damals, als ihr ganz klein wart und er euch in dem Glauben ließ, Tiger, die Katze, die beim Überqueren der *Moyenne Corniche** so schwer verletzt worden war, dass sie starb, befände sich in einem Rehabilitationszentrum. Bis ihr begriffen habt, dass das nicht stimmte, und ihr ihm

* Aussichtsstraße zwischen Nizza und Menton (Anm. d. Ü.)

übel nahmt, dass er euch um euren Kummer gebracht hatte.

Im Auto herrschte eine gespannte Atmosphäre, aufgeladen von wechselseitigen Vorwürfen, gegen mich, dass ich weggefahren war, gegen ihn, dass er mich nicht zurückgeholt hatte. Hinzu kam von meiner Seite diese furchtbare und ungerechte Feststellung: Ich hatte dich strotzend vor Gesundheit, fest auf beiden Beinen stehend, verlassen, und ich würde dich verletzt in einem Krankenhausbett wiedersehen. Als ich in dein Zimmer trat, stieß ich jedoch einen Seufzer der Erleichterung aus: Du warst zwar noch schwach, aber du hast gelächelt und geredet wie ein Buch, umgeben von einem Schwarm von Freundinnen, die dir jeden Wunsch von den Augen ablasen. Du hast mir erzählt, dass du dich an nichts erinnern könntest, außer dass du in dem Augenblick, als der Bus auftauchte, gerade darüber nachdachtest, wie du Jean-Philippe zu Nachhilfeunterricht verhelfen könntest, deinem »kleinen Bruder«, wie du ihn nanntest, obwohl er dich um drei Köpfe überragte und nur vier Jahre jünger war als du.

Du hattest nicht einmal Zeit gehabt zu erschrecken. Deine Verletzungen waren bereits am Verheilen, und was mich vollends tröstete, war, dass deine einzige Sorge deiner Tanzstunde galt, die du versäumt hattest. Aber du sagtest, völlig die langwierige Rehabilitation vergessend, die dich erwartete: »Ich werde nächste Woche wieder hingehen.«

»Sie hat verdammtes Glück gehabt«, hatte meine Mutter erklärt. »Wenn man bedenkt, was ihr alles hätte passieren können.«

So war die nachträgliche Angst, die mir die Vorstellung eingejagt hatte, dass du, überfahren von einem Bus, beinahe gestorben wärst, innerhalb einer Sekunde der Erleichterung gewichen, dich außer Lebensgefahr zu wissen. Damals rechnete ich noch nicht mit dem Virus, das unbemerkt in dich eingedrungen war und das noch drei Jahre brauchen sollte, um auszubrechen, und weitere fünf Jahre, um dich zu zerstören.

In der Zwischenzeit gehörtest du jener Kategorie von Personen an, denen die Spezialisten den wunderbaren Namen »gesunde Träger« gegeben haben.

Ein paar Tage später nahmen wir dich mit nach Hause, wo alles von Grund auf erneuert schien, um dich zu empfangen. Es war Anfang Mai, der Duft der Glyzinien, die sich um die Säulen der Eingangstreppe rankten, mischte sich mit dem des Jasmin, und sie fielen in Trauben längs der Pergola hinab; die Bougainvilleen hatten sich karminrot, blasslila und rosa gefärbt. Am Abend hatten wir ein gigantisches Kaminfeuer gemacht und ein großes Fest zu Ehren der kleinen Muriel gefeiert, die von weither zurückkehrte. Draußen brannten in jeder Ecke des Gartens Fackeln.

Es war ein Haus aus den zwanziger Jahren, herrlich nostalgisch mit seiner rosa- und ockerfarbenen Fassade im italienischen Stil, hoch oben auf dem Col de Villefranche, an der *Moyenne Corniche* und für jedermann offen. Es ging zu wie im Taubenschlag, ein ständiges Kommen und Gehen von Bekannten, losen und engen Freunden. Es war drei Stockwerke hoch mit einer Mansardenwohnung ganz oben, von der aus man einen unverbaubaren Blick auf die Bucht von Villefranche hatte und bei strahlendem Wetter die Silhouette von Korsika sehen konnte. Es besaß eine Unmenge von Vorzimmern und Winkeln, die eine wahre Wonne für euch waren, wenn ihr Schatzsuche spieltet. Als deine Krankheit ausbrach, haben wir es umgebaut und befestigt, als müssten wir einer Belagerung standhalten, und dadurch konntest du dort ein fast normales Leben führen, ohne allzu große Wege zu haben; du wurdest dort gepflegt wie im Krankenhaus, du empfingst deine Freunde, ihr schwammt im Swimmingpool, du hieltest deinen Mittagsschlaf im Garten, wir gaben Feste (das letzte fand am 15. August 1992 statt, du hast die ganze Nacht durchgetanzt …).

Ein Haus, das ohne Zweifel wie geschaffen war für den alten Traum deines Vaters, als Patriarch mit seiner Weisheit, seiner Liebe und seiner Geduld über eine Schar von Kindern und Enkelkindern zu herrschen. Er hätte weiterhin mit neuen Varianten diese unglaublichen Geschichten erzählt, die ihr in- und auswendig kanntet und denen ihr mit weit aufgerissenen Augen lauschtet, während ihr alle drei auf dem Teppich um ihn herumsaßet, Patrick, Jean-Philippe und du: die Geschichte von dem Tiger, gegen den er im Dschungel gekämpft hatte und dem er die Narbe am Schulterblatt verdankte, eine Geschichte, die er schrittweise preisgab, womit er das Vergnügen in die Länge zog, wie Rita Hayworth in *Gilda*, wenn sie ihre Handschuhe auszieht; oder die von dem Hai, den er zu einem Einzelkampf herausgefordert hatte, dessen Spuren immer noch an seinem bläulichen Knöchel sichtbar waren: lauter Wehwehchen, die er wunderbar als Siegeszeichen zu nutzen verstand, um die Illusion glaubwürdiger erscheinen zu lassen. Und zum so und so vielten Mal hätten die Kinder gesagt: »Das ist nicht wahr« und ihn gleichzeitig angefleht, ihnen zu antworten, dass es doch wahr sei, was er immer tat, wobei er sie mit einer Liebkosung beruhigte. Und er hätte weiterhin Flocken und Gämsen verliehen, wenn ihr es nicht geschafft hättet, sie euch in der Skischule zu holen, überzeugt, dass es vor allem darauf ankomme, euch Vertrauen einzuflößen und euch vor den Enttäuschungen des Lebens zu bewahren, er, der, wie der Pelikan, zugelassen hätte, dass seine Jungen seine Eingeweide fressen, wenn das der Preis für ihr Überleben gewesen wäre.

Wir waren in dieses Haus gezogen, als du gerade zehn warst, das war 1976; damals hieß es *Soleil d'or*, »Goldene Sonne«, aber ich hatte es in *La maison d'en face*, »Das Haus gegenüber«, umbenannt, zum größten Leidwesen der Nachbarn, die versucht hatten, mich davon abzubringen, indem sie behaupteten, es könne Unglück bringen, wenn man den Namen eines Hauses ändere; außerdem klang der neue Name in seiner Bescheidenheit und in seinem Nonkonformismus für sie wie eine bedauerliche Geschmacksverirrung in einem Wohnviertel. Der Name hatte sich jedoch ganz natürlich ergeben als Folge einer wirklich schönen Geschichte: Wir wohnten auf der anderen Straßenseite, und da unser Mietvertrag nicht verlängert worden war, hatte dein Vater nach einer anderen Wohnung im selben Viertel und sogar darüber hinaus gesucht. Als er eines Tages wieder einen Umkreis von fast hundert Kilometern abgegrast hatte und unverrichteter Dinge und noch verzweifelter als sonst zurückgekehrt war, hatte ich ihn mit den Worten empfangen: »Was für eine Idee, so weit weg zu suchen, was du vor deiner Nase hast!« Ich hatte in der Zwischenzeit erfahren, dass das Haus gegenüber zum Verkauf stand. Niemand im Viertel hatte gedacht, dass es ein gutes Geschäft sein könnte, denn der Kasten war ziemlich heruntergekommen, aber gerade das hatte uns unter anderem daran gefallen.

Als wir einzogen, hatte ich mich ein bisschen über das etwas altbackene Aussehen der Wände lustig gemacht, und ich erinnere mich an den schonungslosen und wunderbaren Satz von Rose, der Mutter einer meiner Freundinnen aus Kindertagen, die ich immer wegen ihres Sprachwitzes geliebt hatte und die damals gerade auf der Durchreise in Nizza war: »Du musst bloß die Kinder loslassen.«

Ich gehorchte, ohne mich bitten zu lassen: Die Kinder haben das Haus in Besitz genommen und es mit ihrer Fröhlichkeit, ihrem Lachen und ihrem Weinen erfüllt; sie haben das Leben hineingebracht.

Aber eines von ihnen ist nicht zurückgekehrt.

Der Wind entscheidet,
ob die Blätter mit den Nestern
am Boden sein werden.

René Char

Im Grunde ist es ein bisschen, als wärst du zweimal geboren worden, Muriel, meine Zwillingshafte, ein erstes Mal, als du gezeugt wurdest, und ein zweites Mal, als ich, nachdem ich mich besonnen hatte, darauf verzichtete, mich von dir zu trennen. Es war, wenn ich mich recht entsinne, und ich entsinne mich recht, im Frühling 1966. Wir waren gerade nach Nizza gezogen, nachdem wir vier Jahre in Paris verbracht und Zeit gehabt hatten, unsere Ankoppelung an die Welt des »Realen« zu festigen; dein Vater hatte gerade seine Doktorarbeit beendet, ich meine Prüfungen abgelegt, und wir hatten seit knapp einem Jahr einen hübschen kleinen Jungen namens Patrick. Er war unter einem guten Stern geboren worden, in einer Vollmondnacht. Das Leben meinte es rundum gut mit uns, sogar der unerhört helle Schein des Lichts schien uns gewogen, der sich mitten im Winter mit dem milden Glanz eines Himmels vereinte, der uns scheinbar nichts abschlagen durfte.

Lange bevor du dich ankündigtest, hatten wir dich erfunden, du solltest natürlich ein Mädchen sein, da wir bereits einen Jungen hatten, und du hattest einen Namen, Muriel, große mandelförmige Augen und honigfarbenes Haar. Du brauchtest nur noch unsere Sehnsucht nach dir Fleisch werden zu lassen. Und so hast du dich eines

Abends in Brügge, wo wir auf der Durchreise waren, in meinem Bauch eingenistet.

Gegen jede Erwartung war meine erste Reaktion panische Angst, vollkommen irrational: Ich hatte den Eindruck, dass du vielleicht ein bisschen zu früh kamst oder, genauer, dass ich noch nicht ganz und gar bereit war, dich zu empfangen, als genügte es, damit ich es wirklich wäre, dass du noch ein wenig wartetest. Für eine Sekunde dachte ich daran, mich von dir zu trennen, doch kaum war dieser Gedanke aufgetaucht, besann ich mich augenblicklich anders; meine Furcht hatte sich plötzlich in große Freude verwandelt, die noch gesteigert wurde von einem unmerklichen Gefühl der Herausforderung. Wie meine Großmutter, die Sprichwörter über alles liebte, zu sagen pflegte: Lieber einen Spatz in der Hand als eine Taube auf dem Dach. Da du erwünscht warst, wollten wir dich, auch wenn der Moment nicht gerade günstig war, behalten.

Keine Stunde später befand ich mich bereits mit dir im Bauch bei den Filmfestspielen in Cannes, die in vollem Gange waren (von daher stammt vermutlich deine Leidenschaft für diesen Ort, an den wir so oft zurückgekehrt sind). In dem Saal, der von Stoffrascheln und Parfumwolken erfüllt war, die mir das Bild einer strahlenden und künstlichen Betriebsamkeit boten, kostete ich die Freude aus, das Leben in mir zu tragen, das echte Leben, und das warst du.

Dennoch hatte es diesen Moment des Zögerns gegeben, in dem ich den Gedanken akzeptiert hatte, dich zu verlieren.

Zweimal, bei deiner Geburt wie bei deinem Tod, hast du einige Stufen übersprungen. Du hast nicht die Geduld gehabt, normal zur Welt zu kommen, wie alle anderen, im Kreißsaal, sondern du bist buchstäblich aus mir herausgerutscht, gute vierzehn Tage zu früh, du bist mir in gewisser Weise entglitten, während ich den Aufzug nahm, um in mein Zimmer zu gehen. Der Arzt hatte gesagt: »Es ist durchgeflutscht wie ein Brief auf der Post.« Und du hast auch nicht die Geduld aufgebracht, den Zeitpunkt abzuwarten, den man schicklicherweise abwartet, um zu sterben. Weniger als siebenundzwanzig Jahre später bist du den umgekehrten Weg gegangen und mir dabei ein zweites Mal *entglitten*.

Du hast alles zu früh gemacht, zur Welt kommen und sie wieder verlassen. Muriel, meine Ungeduldige.

Merkwürdigerweise hast du ebenfalls zweimal, bei deiner Geburt und bei deinem Tod, das gemacht, was man einen vorgetäuschten Abgang nennen könnte, du, die du das Theater so liebtest. Eine Woche, bevor ich dich zur Welt brachte, war die Fruchtblase geplatzt, aber du hast noch ein wenig gewartet, bevor du zur Welt kamst. Während der letzten Woche deines Lebens hast du dir ein paar Tage mehr bewilligt, genau so wie du es siebenundzwanzig Jahre zuvor getan hattest. Es war, als schicktest du dich an zu sterben – der Arzt hat hinterher wörtlich gesagt: »Ich habe wirklich geglaubt, ihr letztes Stündlein hätte geschlagen«; aber schon am Montag bist du aus einem zweitägigen Schlaf erwacht, in den du versunken zu sein schienst, um zu sterben. Leider erwarteten dich noch viele Prüfungen, als müsstest du bis zum letzten Augenblick deinen Tod bei vollem Bewusstsein erleben. Du hattest wieder zu essen angefangen, Papa steckte dir Stück für Stück geschälte Weintrauben in den Mund, die du auf deiner Zunge hast zergehen lassen; wir haben Pläne für deinen Geburtstag geschmiedet, und du bist erst acht Tage später wirklich gestorben. Ein weiteres Mal hattest du uns wie so oft glauben lassen, dass du aus deiner Asche auferstehen würdest. Du überwandest deine Müdigkeit, weiß und strahlend, um einen neuen Zyklus zu durchleben. Du gingst wieder, Tag für Tag, den Weg, den du vor deiner Geburt gegangen warst, langsam den Geheimnissen der Verwandlung entgegen. Vor allem aber hattest du, die du von uns allen am jüdischsten warst (was allerdings in dieser Familie von Abtrünnigen nicht allzu schwer war), indem du noch eine Woche durchhieltest, dem Chanukkafest neues Leben und neue Bedeutung eingehaucht, dem Fest, das an das Wunder der kleinen Öllampe erinnert, die noch acht Tage brannte, obwohl sie nur Brennstoff für vierundzwanzig Stunden hatte.

Im Jahr deines Todes, 1993, begann das rituelle Anzünden der acht Chanukkakerzen, jeden Tag eine, am Donnerstag, dem 9. Dezember, und endete am 16. Du hast bis Samstag, den 18. Dezember, durchgehalten, du hast durchgehalten bis 13 Uhr 15. Du hast noch fast vierzig Stunden gebrannt, meine kleine Flamme. Es war, als hättest du auf deine Weise eine Jüdischkeit neu erfunden, die dir in gewissem Maße genommen worden war, dir, die du so sehr bedauert hattest, dass dein Vater dir nicht diese jüdische Kultur vermittelt hat, die weiterzugeben er aufgerufen war, in den Fußstapfen seines Großvaters und seines Urgroßvaters, berühmter Kabbalisten.

Bis er, als er sechzehn wurde, beschloss, auf das Studium der Thora zu verzichten, um sich dem Studium der Wissenschaften, in seinem Fall der Chemie, zu widmen.

Jeder Tag, der verstrich und den du dem Tod abtrotztest, war deine Art, uns das Licht zu erneuern, war wie ein Überschuss von dir, den du uns mit dieser unglaublichen Energie schenktest, mit der du dich dem Tod widersetztest. »Bitte«, flehtest du, »ich will keine Spritze, ich habe keine Schmerzen«, wohl wissend in deiner Hellsicht, dass sie, wenn sie deine furchtbaren Schmerzen linderten, auch die Zeit verkürzten, die dir noch zum Leben blieb.

Ich fragte mich damals, ob du nicht lieber leiden als sterben wolltest. Aber ich rede, als könnte dein Wunsch zu leben die Bedrohung durch den Tod bannen. Als wäre es an dir, darüber zu entscheiden, oder an uns.

Ich denke wieder an die Geschichte, die mir in der dritten Klasse Gymnasium widerfahren ist. Ich war frech, und der Lehrer (er hieß Ramm) hatte mich zu sich gerufen und zu mir gesagt: »Was ist Ihnen lieber, Mademoiselle, eine Ohrfeige oder dass ich Ihren Vater benachrichtige?« – »Eine Ohrfeige, Monsieur.« Ich bekam die Ohrfeige, aber gleich danach benachrichtigte er meinen Vater, sodass ich natürlich doppelt bestraft wurde.

Bei all diesen Lichtern, die deine Geburt und deinen Tod umgeben haben, ist es nicht verwunderlich, dass auch dein Name, Muriel, auf seine Weise das Wort *lumière*, »Licht«, enthält, das er sozusagen durchpaust (bis auf einen Vokal, aber der ist stumm): Man braucht nur die Buchstaben umzustellen, damit aus *Muriel lumière* wird und aus *lumière Muriel*.

Muriel, Anagramm von *lumière*. *Muriel-lumière*: zwei Wörter, die in Wirklichkeit eines sind. Ich stelle mir vor, wie du mir, halb ernst, halb spottend über das, was dein eher wissenschaftliches Ich für die Träumerei eines Dichters halten musste, antwortest, dass ich »das Gras wachsen höre«; was dich aber nicht daran gehindert hätte, dem zuzustimmen, was ich dir als ein Beispiel dieser, wie André Breton es einmal genannt hat, »versteinernden Zufälle« präsentiert hätte, die unserem Leben Glanz verleihen und sogar manche seiner Mysterien erhellen können. Ganz davon abgesehen, dass du – und das wäre deine vage von Lacan geprägte psychoanalytische Seite gewesen, die zu jener Toleranz hinzukommt, die dich so vollkommen auszeichnete – verstanden hättest, wie sehr diese Hartnäckigkeit, mit der wir die Wörter ausbessern, uns einen Sinn zurechtbasteln, manchmal alles ist, was wir einer unverständlichen Welt noch entgegenzusetzen haben.

Mir fällt plötzlich die Anweisung ein, die ich auf die Tafel geschrieben hatte, als ich an einem Freitagabend, an dem die Sabbatlampe angezündet werden sollte, wegmusste: *»Allumer veilleuse Muriel«*; ich muss undeutlich oder zu schnell geschrieben haben, denn die Wortgrenzen hatten sich verschoben, und auf der Tafel stand der folgende aufschlussreiche Satz: *»allu mer veilleuse Muriel«*. Auf diese Weise hatte sich die Anweisung, den Sabbatleuchter anzustecken, in ein Credo verwandelt, in ein Bekenntnis zum Glauben an das leuchtende Wunder, *la merveille lumineuse,* das du stets gewesen bist.

Aber ich denke auch an den Anteil von Finsternis, der mit deinem Namen verbunden ist: *Maureen,* so lautete der englische Vorname, den dein Lehrer dir in der dritten Klasse Gymnasium gegeben hatte und den du gelegentlich sehr gern benutztest. Maureen, *mort in,* Muriel im Tod, Muriel, reif, *mûre,* für den Tod.

Das Leben der Tod. Ich erinnere mich an einen alten Traum: Wir gaben zu Hause ein großes Fest; der Tisch war im Garten gedeckt, ein langer rechteckiger Tisch, mit einer weißen Tischdecke aus Halbleinen, die meine Mutter für meine Aussteuer bestickt hatte. (Diese Aussteuer war sorgfältig in einen Schrank eingeräumt, an dem eine »Hand der Fatima« hing. Wenn ihre Freundinnen sie besuchten, zeigte meine Mutter mit einer Hand die wunderschönen Stoffstücke, die ihre Freundinnen neidvoll bewunderten; mit der anderen Hand betastete sie gleichzeitig das Amulett und murmelte immer wieder *chramsa, chramsa,* um den bösen Blick abzuwenden. Zu beiden Seiten des Tisches stand eine Frau mit einem Wagenradhut – der eine schwarz, der andere weiß –, ähnlich dem, davon war ich überzeugt, den meine Mutter zwanzig Jahre zuvor getragen haben musste, als sie in Oran zur elegantesten Autofahrerin gekürt worden war. Jede dieser beiden Frauen herrschte über ihren Bereich, und dieser war deutlich umgrenzt von der Schar der Gäste, die teils schwarz, teils weiß gekleidet waren. Und plötzlich geriet diese schöne Anordnung durcheinander, die Rollen, von denen man hätte annehmen können, dass sie ein für alle Mal festgelegt seien, wurden vertauscht, die Karten neu verteilt und auf diese Weise vermischt: Das Weiß wurde von Schwarz durchdrungen, das Schwarz von Weiß; die beiden Bereiche, die ich für unantastbar hielt, erwiesen sich plötzlich als durchlässig und verletzbar: Das Leben und der Tod waren keineswegs getrennte Wesenheiten, sondern ein und dasselbe, ein labiles Ganzes allerdings, das dazu neigte, sich in die Anteile von Finsternis und von Licht aufzulösen, die beide enthalten.

Dein Leben, insgesamt siebenundzwanzig Jahre (siebenundzwanzig Sommer, siebenundzwanzig Winter, wie in seiner Weisheit der Taxifahrer vom Col de Villefranche gesagt hätte), denen nur zehneinhalb Stunden fehlten, um sie voll zu machen. Dein Leben (warum dieses beruhigende und groteske Bedürfnis, diese Zahlen zu bemühen?), das heißt dreihundertvierundzwanzig Monate oder neuntausendachthundertzweiundsechzig Tage oder zweihundertsechsunddreißigtausendsechshundertachtundachtzig Stunden.

1939–1993, zwischen dem Datum meiner Geburt und dem deines Todes liegen vierundfünfzig Jahre; ich schenkte dir mit siebenundzwanzig das Leben – und als du dasselbe Alter erreicht hattest, nahm der Tod es dir wieder weg.

Vor allem aber ist 93 nichts anderes als eine umgekehrte 39. Von 39 bis 93, die Zeit für das Leben, in sein Gegenteil umzuschlagen.

»Der Tod, ein umgekehrtes Herz«, schrieb Paul Eluard.

In einem Zeitraum von siebenundzwanzig Jahren hast du also nach der Kindheit die Jugend und dann die Zeit der Reife und das Alter durchlaufen. Du hast in dir nacheinander den Schalk des Mädchens, den Ernst der Erwachsenen und die Weisheit einer alten, unter ihrer Erschöpfung gebeugten Frau verdichtet. Du hast gelebt, als sei deine Zeit tatsächlich bemessen, ohne aber jemals den Eindruck zu vermitteln, dass dir der Tod im Nacken säße. Du hast Jura und Wirtschaft studiert, du hast dich für Literatur begeistert, für Sprachen, für Psychologie, für die Psychoanalyse, du hast dich in die Geheimnisse der Biologie vertieft, die dich mehr als alles andere faszinierte. Du hast Schneidern gelernt, Klavier spielen, Yoga, Zeichnen. Du hast Freunde gewonnen; du bist natürlich in Frankreich herumgereist, aber auch in Europa, Nordafrika, den USA und Kanada. Du hast dein Leben vollgepackt, wie man einen Koffer vollstopft, in dem man die Kleider zusammendrückt, um ihn schließen zu können, ja, auf den man sich manchmal sogar draufsetzt, damit alles hineingeht. Aus dieser verdichteten Zeit hast du auch eine bis an ihre äußersten Grenzen dehnbare und doch so erfüllte Zeit gemacht. Dennoch, wie sehr bedaure ich, dass du nicht diese Frau geworden bist, die ihre weißen Haare im Nacken zu einem Knoten zusammengesteckt hatte; als ich sie eines Tages flüchtig irgendwo auf der

Straße sah, hatte sie mich an dich erinnert, ich hatte dich in sie hineinprojiziert.

Aber wie Françoise Dolto sagt: »Wenn ein Kind stirbt, dann deswegen, weil es mit dem Leben fertig ist.« Ein Satz, der für mich nie tautologisch gewesen ist und noch weniger eine resignierte Feststellung, sondern viel eher ein Satz, der den Reichtum und die Erfülltheit des Lebens berücksichtigt. Ich denke an die wunderbare Kantate von Bach *Ich habe genug*; ich liebe diese Erklärung, die man nicht im Sinne von »mir reicht's« verstehen sollte, sondern viel eher im Sinne von »ich habe alles bekommen, was ich brauche, ich bin gesättigt«.

»Mein ganzes Leben«, du hast immer so getan oder vielleicht auch nicht, als benutztest du diesen Ausdruck wie jeder Mensch, als hättest du die Ewigkeit vor dir: »Muss ich dieses Medikament, von dem einem schlecht wird, mein ganzes Leben nehmen?« oder: »Werde ich dieses Fieber mein Leben lang haben?« Was soll man darauf antworten, außer, dass es schon irgendwann vorbeigehen wird, das Leiden, oder aber das Leben und das Leiden, das mit ihm verbunden ist. Es ist wie an dem Tag, an dem du die mündliche Prüfung für deinen Abschluss in Psychologie hattest, es war deine letzte Prüfung, im Juni 1993. Du konntest dich kaum auf den Beinen halten, aber die Schärfe deines Verstandes war unverändert, ebenso wie deine Unverzagtheit, dein Mut. Du hast ein Thema gezogen, das einzige, auf das du dich nicht vorbereitet hattest, was dir selten passierte, denn du wusstest besser als jeder andere, dass man sein Glück nicht aufs Spiel setzt, wenn man so wenig hat. Aber du hattest nach einem überraschenden Krankenhausaufenthalt ganz einfach nicht genug Zeit gehabt. Du hattest den Professor gebeten: »Bitte geben Sie mir eine zweite Chance.« Natürlich hast du sie nicht bekommen. Klang da nicht unweigerlich die »letzte Chance« mit?

Du hast diese mündliche Prüfung im September wiederholt, drei Monate vor deinem Tod, und du hast sie bestanden.

Als du, ein paar Wochen vor deinem Tod, ins Krankenhaus eingewiesen werden solltest, weil du die Medikamente nicht mehr vertrugst, hast du diese Nachricht nicht gerade frohen Herzens aufgenommen; schließlich hast du aber zugestimmt und dich mit dem Satz getröstet: »Meine Freundinnen werden mich ja besuchen.«

Das geschah ausgerechnet am Welt-Aids-Tag, dem 3. Dezember 1993. Für meine Studenten hatte ich an die Tafel geschrieben: »Aids verdient es nicht, euch mit Haut und Haaren aufzufressen. Eure Haut und eure Haare hebt euch bis zuletzt auf.«

Dein Aufenthalt war nur kurz. Ich hatte nicht verstanden, warum du ins Krankenhaus gekommen, und ebenso wenig, warum du so schnell wieder entlassen worden warst. Du hattest dort Untersuchungen über dich ergehen lassen müssen, die letztlich zu nichts anderem gedient hatten, als dich noch ein bisschen mehr zu quälen. Jean-Philippe fragte sich, was man dort wohl mit dir angestellt hatte, dass du so krank zurückkamst und so schwach: du konntest dich nicht auf den Beinen halten. Auch wir haben es nicht recht verstanden.

Jetzt, mit dem zeitlichen Abstand, kommt es mir vor, als hätten die Krankenschwestern dir, als sie uns vorbeikommen sahen, zum Abschied zugewinkt; du hast auf einer Bahre gelegen, und ich ging hinter dir; sie standen in der Tür und bildeten so etwas wie ein Ehrenspalier für uns: Ich hatte sie an jenem Tag alle sehr nett gefunden und viel hilfsbereiter als sonst.

Ich hatte den Eindruck, dass wir verabschiedet worden waren. Der Arzt hatte, als er meine Verwirrung sah, zu mir gesagt, dass das Wundermittel sicher nicht morgen gefunden würde, als wäre es sinnlos, weiter zu warten – und besser weiterzugehen.

Das Morgen kam sehr schnell, aber du warst bereits weit weg. Wieder einmal hattest du Pech gehabt: Schon ein paar Monate später hättest du zwar nicht vollkommen geheilt werden, aber wenigstens mit der Krankheit leben können.

Ich werde mich über diesen neuen Fortschritt der Wissenschaft nie wirklich freuen können, auch wenn er zum Wohl der Menschheit ist.

Dein Vater gab die Hoffnung nie auf, und sein Kampf bestand eben gerade darin, Zeit zu gewinnen in diesem Wettlauf gegen den Tod: Als deine Krankheit ausgebrochen war, hatte er sich auf die therapeutische Forschung über die Antivirenmittel geworfen. Er, ein durch und durch sesshafter Mensch, war durch die Welt gereist auf der Suche nach dem Medikament, das dich retten könnte. Du musstest um jeden Preis so lange durchhalten, bis er, davon war er überzeugt, den Widerstand eines Virus gebrochen hätte, das in keine Falle ging; so lange auch, bis er (aber das konnte nur ein frommer Wunsch sein) die Schwerfälligkeit überwunden hätte, die überall dort herrschte, wo Macht im Spiel war, etwa das Prinzip der Vertraulichkeit, gegen das er so erbittert gekämpft hat.

Wir verließen das Krankenhaus mit präzisen Verhaltensmaßregeln. Wir mussten einen Arzt in der Stadt finden, der sich um dich kümmern konnte – nur unter dieser Bedingung hatte man dich gehen lassen.

Unsere Hausärztin hieß Solange, und wir hatten ihr den Spitznamen Doktor Sol gegeben, eine Abkürzung des Wortes *soleil*, »Sonne«, weil sie in ihren schwarzen Augen und unter ihrem ebenholzfarbenen Haar das ganze Licht und die ganze Wärme der Welt in sich trug.

Du hattest sie ein paar Jahre zuvor, 1990, auf einer Party kennen gelernt; sie war in Begleitung ihrer Schwester, Edith, gewesen, der du dich sofort verbunden gefühlt hattest, so sehr glich sie dir mit ihrem überschäumenden Temperament, das ihre Dünnhäutigkeit verbarg. Bei ihren Eltern warst du jeden Freitagabend zum Sabbatbeginn und zu den großen jüdischen Festen, Ostern, Rosch-ha-Schana oder Jom Kippur, eingeladen. Übrigens hattest du mir eines Tages triumphierend verkündet, dass Solanges und Ediths Mutter – welch unglaublicher Zufall – die Schwester von Lucienne sei, einer meiner besten Freundinnen während meiner Kindheit in Tiaret, die ich aus den Augen verloren hatte und die ich durch dich fast fünfzig Jahre später wiederfand …

Sie waren für dich so etwas wie deine Familie, und sicher fandest du dort, was wir dir nicht vermittelt hatten oder nicht hatten vermitteln wollen.

Diese Feste waren deine ganze Freude, du liebtest die langen Festtafeln, um die Schwärme von Kindern herumschwirrten, den Geruch des warmen Brotes an den Freitagabenden, die Aufgeregtheit der Kleinen und der Großen um die Küchenherde herum – und das rituelle Anzünden der Kerzenleuchter, das dich zumindest für einen Abend deine Zugehörigkeit zum Judentum bewusst erleben ließ.

Solange hatte uns von Anfang an gesagt, dass sie dir kein Morphium geben werde. Ich habe niemals gewusst, warum; ich glaube jedoch zu ahnen, dass sie deinem Tod nicht ins Auge blicken konnte, und wäre es nur, um dir deine letzten Augenblicke leichter zu machen. Vielleicht hoffte sie, man könnte dich noch retten oder länger bei uns behalten.

Ich musste also einen anderen Arzt finden. Ich erinnerte mich, dass Georges, ein alter Freund aus Kindertagen, in Nizza wohnte, und ich brachte dich zu ihm. Mit der dir eigenen Hellsicht sagtest du: »Das ist kein richtiger Arzt.« Der richtige war tatsächlich Solange, die dir geholfen hatte zu leben, nicht zu sterben.

Georges und ich waren auf derselben Schule in Tiaret gewesen, und wir hatten in der zweiten Klasse Gymnasium zusammen Theater gespielt; er spielte den Ahasverus und ich die Esther. Er war auf wundersame Weise während des Algerienkriegs dem Tod von der Schippe gesprungen: Sein Vater, spanischer Abstammung, besaß einen Bauernhof, den er mit Hilfe der »Eingeborenen« (wie man sagte) erfolgreich bewirtschaftete; er hatte immer schon vertrauensvolle und freundschaftliche Beziehungen zu ihnen unterhalten, man nannte ihn im Land sogar »Freund der Fellachen«. Eines Abends sagte ihm einer seiner Landarbeiter, er solle ein paar Tage lang seinen Hof nicht verlassen, da es zu schweren Unruhen kommen werde. Georges' Vater weigerte sich, die Drohung ernst zu nehmen, aber er hatte nicht mit den Heckenschützen gerechnet. Als er am nächsten Morgen vom Markt zurückkam, wo er wie gewohnt eingekauft hatte, begleitet von seiner Frau und seinen beiden Söhnen, geriet er in einen Hinterhalt. Er wurde auf der Stelle getötet, Georges wurde von einer Kugel getroffen, die sein Gehirn durchschlug, aber keinerlei Folgeschäden verursachte. Seine Mutter, die ihr Gut mit eiserner Hand leitete (man hatte ihr den Beinamen *chatta matta,* »starke und autoritäre Frau«, gegeben), stand unverletzt wieder auf, und nachdem sie das Ausmaß des Schadens festgestellt hatte, sagte sie zu ihrem anderen Sohn, der ebenfalls nicht einen Kratzer hatte: »Gehen wir nach Hause, die Arbeit auf dem Hof macht sich nicht von allein.«

Als Georges mich im Wartezimmer sah, abgespannt, aber doch um ein Lächeln bemüht, zog er mich in sein Sprechzimmer und sagte zu seinen Patienten: »Entschuldigen Sie, das ist eine Jugendfreundin, ich habe sie seit vierzig Jahren nicht gesehen.« Wir waren fast glücklich und haben uns so gut verstanden.

Ich erklärte ihm, dass die Berichte über den qualvollen Tod, den man die Sterbenden in den Krankenhäusern häufig erleiden lässt, und zwar nicht aus Achtung vor dem Menschen, sondern vor dem Leben an sich, mich mit Schrecken erfüllten. Alles, was ich wollte, war, dass du nicht leidest.

Wir haben geredet, wir haben geweint, wir haben gelacht.

Er hat mir das Morphium des vorigen Patienten gegeben, das dieser nicht mehr hatte aufbrauchen können. Nach deinem Tod habe ich ihm den Rest zurückgebracht, und er ging sehr schnell an einen neuen Patienten.

Ich muss die letzten Sätze, die du gesagt hast, aufschreiben, Wort für Wort, weil sie der Mörtel und das Ferment der Erinnerung an dich sind, als deren Hüterin ich mich fühle. Ich denke an diesen Satz, den du fast wörtlich aus der Kabbala zitiert hast: »Wenn ein Mensch stirbt, was wird dann aus den Worten, die er nicht gesagt hat?«

»Ich möchte in eurem Bett schlafen«, flehtest du; du warst so schwach, dass ich zögerte, dich das Zimmer wechseln zu lassen. Aber du hast nicht locker gelassen, und ich sagte zu dir: »Schau, das Bett ist aufgedeckt, du kannst hinein.« Ich hatte es aufgedeckt, damit du sehen konntest, dass es nur auf dich wartete, dass es bereit war, dich wie eine neue Wiege zu empfangen. Dich und deinen unablässig wiederholten Wunsch, zu den Ursprüngen zurückzukehren. Du sagtest auch, und ich zitiere bunt durcheinander all diese Sätze, damit niemand sie vergessen kann, zu einem Freund, der dich am Telefon fragte, wie es dir gehe: »*J'ai hyper mal*, ich habe irre Schmerzen«, und während ich dir zuhörte, dachte ich, dass der Ausdruck *hyper*, den die Jugendlichen im Allgemeinen benutzen, um eher leichte Dinge zu bezeichnen, einer schweren Krankheit nicht angemessen sein konnte und erst recht nicht dem nahen Tod. Ich habe deine Worte nachträglich in einem hübschen kleinen Heft mit einem kleinen Männchen auf dem Umschlag notiert. Ich blättere wieder und wieder die Seiten um und finde so wenig, und ich werfe mir vor, dass ich sie nicht früher aufgeschrieben habe, denn ich habe, da bin ich mir sicher, so viele vergessen. Jedenfalls sind sie alle Worte einer Lebenden, nicht die eines Menschen, der sterben wird, und ich wundere mich noch immer, dass sie so sehr denen ähneln, die man in ganz alltäglichen Situationen benutzt. »Mama, wir werden nicht genug Wachteln für alle haben«, hattest du mitten in der Nacht zu mir gesagt, weil dir einfiel, dass wir am nächsten Tag mehr Leute als ursprünglich vorgesehen sein würden. Oder, nachdem du einen deiner letzten Filme gesehen hattest, *La Fille de l'air*, in dem ein junges Mädchen ihren Freund aus dem Gefängnis befreit und mit ihm flieht: »Ich bin traurig«, hattest du mir anvertraut, »sie sind beide entkommen, aber sie sind nur vier Monate zusammengeblieben.« Man hatte sie nämlich wieder eingefangen. Du hattest diese Geschichte verinnerlicht, als wäre sie deine, und sie war es, mit dem Unterschied, dass dich am Wendepunkt der Tod erwischt hat. Du hattest auch mehrmals gebeten, *Le petit prince a dit* für dich aufzunehmen, die Geschichte eines todkranken Kindes, dem seine Eltern eine letzte Freude machen wollen, indem sie versuchen ihm seine Wünsche zu erfüllen. Wir hatten so getan, als hätten wir es vergessen. Wir hatten Angst, dir noch mehr wehzutun.

Du hast uns auch ununterbrochen gefragt, ob wir das Vorlesungsskript zurückgegeben hätten, das eine Mitstudentin dir geliehen hatte. »Das ist ganz wichtig«, hattest du betont, »sie wird die Unterlagen in den Ferien brauchen.« Du machtest dir Sorgen um Fatima, das vierzehnjährige marokkanische Mädchen, dem seine Eltern auf meinen Druck hin zugestanden hatten, dass sie, anstatt verheiratet zu werden, Lesen und Schreiben lernte: »Ich bin froh, dass sie zur Schule geht.« Aber das war nicht von langer Dauer. Ein paar Monate später war es dann doch um ihre Kindheit geschehen; du hast es zum Glück nicht erfahren. Und dann hast du auch mit deinem Gespür für die Müdigkeit, das Leid der anderen, meinem in diesem Fall, zu mir gesagt, als wäre ich dein Kind: »Bleib doch nicht da im Sessel sitzen, komm, leg dich zu mir und ruh dich aus.« Oder, als du mein zerkratztes Gesicht sahst, deine vorwurfs- und liebevollen Worte, für die ich dir unendlich dankbar war, so wenig schienen sie mir mit dem Tod vereinbar: »Du hast dir schon wieder einen Pickel ausgedrückt.«

Die Sprache kann mit einem sehr hässlichen Wort, *Witwer* oder *Witwe*, den Verlust des Ehemanns oder der Ehefrau bezeichnen; sie kann auch den Status des Kindes bezeichnen, das seinen Vater oder seine Mutter verloren hat. Lauter grausame Trennungen, die aber in der Natur der Dinge liegen. Aber was für ein Wort haben wir, um die Mutter zu bezeichnen, die ihr Kind verloren hat?

Du hattest auch gesagt: »Ich möchte ein Bad nehmen.« Das Wasser in all seinen Erscheinungsformen war dein Element. Als du klein warst, hast du in einer Waschschüssel Baden gespielt, du hast dich bespritzt und vor Freude gejauchzt. Später, du musst zwölf gewesen sein, hätte dich beinahe eine Welle am Strand von Saint-Laurent-du-Var mitgerissen; du bist wieder aufgetaucht, es schien dir kaum etwas ausgemacht zu haben, lediglich deine Haare waren etwas zerzaust, wie die Rose des kleinen Prinzen (den du so liebtest), aber du warst trotzdem ein bisschen getroffen, so überrumpelt worden zu sein. Du liebtest das Meer und die Wellen. Ich erinnere mich an jenen Vormittag am Strand auf Martinique, wo wir zusammen eine Woche verbrachten, das war im Juni 1992, ein Jahr vor deinem Tod, du hattest dich in die Wellen stürzen wollen, aber ich hatte Angst, dich allein gehen zu lassen. Darauf hattest du mich am Arm gezogen und gesagt: »Na, dann komm doch mit.« Aber ich hatte auch Angst, dich zu begleiten, und ich konnte nichts tun gegen diese Angst, die mich lähmte, und auch nichts gegen den Gedanken, dass es dein letztes Bad im Meer sein könnte (und so war es auch) und dass mir, dass uns nichts Besseres passieren konnte, als gemeinsam zu sterben.

Du warst auf den Strand zurückgekommen, lächelnd und folgsam, und betrachtetest mit einem Ausdruck des Bedauerns das Meer, in das du nicht hattest gehen können; wir hielten uns an der Hand, und du amüsiertest dich damit, die kraftlosen kleinen Wellen, die am Strand ihr Leben aushauchten, mit deinem Fuß zurückzustoßen. Das war alles, was ich dir zugebilligt hatte, Muriel, meine Wasserratte.

Wie oft habe ich an dieses Bad im Meer zurückgedacht, das ich dir an jenem Tag nicht gestattet hatte. Und an so viele Freuden, die dir verweigert worden waren. Auf derselben Reise hatten wir zufällig zwei deiner Freunde aus Kindertagen getroffen, angehende Ärzte noch dazu. Naiver als du, hoffte ich verzweifelt, dass sie dir ein wenig Zeit widmen und Liebe schenken würden, aber sie waren zu sehr mit ihrem Surfbrett, ihren Freundinnen und ihren Tuscheleien beschäftigt und überließen dich deiner Müdigkeit, deiner Traurigkeit und meiner Ohnmacht.

Du musstest dich damit begnügen, dem Rauschen des verbotenen Lebens um dich herum zuzuhören.

»Muriel, die Reinliche«, so nannten dich deine Brüder spöttisch; und du hattest tatsächlich einen Reinlichkeitswahn, warst wie besessen vom Wasser. Es gab eine Zeit, da standest du sogar nachts auf, um dir die Zähne zu putzen, und wir lachten alle darüber …

Dieses letzte Bad, um das du am Abend vor deinem Tod und sogar noch am Morgen batest, hast du nicht nehmen dürfen, und ich werde es mir nie verzeihen, du liebtest das Wasser so sehr. Ich vertröstete dich ständig auf später, ich weiß nicht, warum, oder vielleicht wusste ich es, und bat dich, Geduld zu haben, dich, die du immer geduldig gewesen bist. Ich wartete auf Hilfe, ich gab vor, dich nicht allein in die Badewanne heben zu können, dabei war ich gar nicht allein. Ich hatte Angst, glaube ich, dich dem Wasser zu überlassen und dass du dein letztes Bad nicht überleben könntest; dabei wäre es das Beste gewesen, was dir hätte passieren können, meine Badende der lichten Tage, wo du noch wohlgenährt warst, gleichsam schwerelos zu sterben, in diesem wohltuenden Wasser, das deinen Tod hätte erleichtern können, wie es manchmal die Geburten erleichtert.

Erinnerst du dich an meine Reise nach Kanada, 1988, als ich nach den ersten Anzeichen deiner Krankheit zu dir kam, um dich nach Hause zurückzuholen? Du hattest mir, strahlend, trotz deiner Krankheit, dieses Wunder gezeigt, dein *water bed.* Wir haben mehrere Nächte zusammen darauf geschlafen, das Wasser wiegte uns, und wir schwebten; ich hatte sogar das Gefühl, dass es dein Fieber milderte. Diese Osmose mit dir habe ich erneut in den Tagen gespürt, die deinem Tod vorangingen: Ich schlief bei dir in deinem Bett, und es war, als wären wir siamesische Zwillinge, denn jede deiner Bewegungen übertrug sich auf mich. Wir lagen nebeneinander, und manchmal hatte ich das Gefühl, dass ich dich auf eine neue Geburt vorbereitete, dass ich mit dir niederkommen würde, dass ich deinen Tod zur Welt brächte; oder aber, dass du mit deinem dicken Bauch, der durch die Krankheit aufgedunsen war, mit mir niederkommen würdest.

Wir haben nicht ein letztes Mal gespielt, im Bad deine Haut zu rubbeln, um sie von den *dwédès* zu befreien; mit diesem bildhaften Wort aus unserem Familienvokabular bezeichneten wir das Abrubbeln des Körpers, das du so liebtest und das ich zu Hause wieder eingeführt hatte, als wären wir im Hammam, einem orientalischen Badehaus.

In jenem Hammam in der Nähe des Cours Saleya, in der Altstadt von Nizza, in den ich dich eines Tages mitgenommen hatte und wo wir eine Begegnung hatten, die uns sehr amüsiert hatte. Durch eine Lücke im Dampf hatten wir entdeckt, dass die dicke Matrone, die uns gegenübersaß, mit Plastik um die Hüften, das ihre Rundungen verbergen und das Schwitzen fördern sollte, keine andere als meine Tante Suzanne war, die ein junges Mädchen bemutterte, das sichtlich aus dem Alter heraus war, noch bemuttert zu werden. Wir fallen uns in die Arme, und ich sage zu ihr: »Bevor ich dich erkannte, habe ich, als ich dich so betrachtete, zu Muriel gesagt, dass du bestimmt eine jüdische Mutter bist, die nicht loslassen kann.« Und sie antwortet mir: »Und ich sagte zu Dominique, als ich euch beide ansah: Diese nackten Französinnen, sie haben kein Schamgefühl!«

Als diese kleine Nichte nur ein Jahr vor dir im Alter von fünfunddreißig Jahren am plötzlichen Herztod starb, sagte diese Tante etwas sehr Weises: »Sie ist gestorben und war nicht einmal krank.«

Aber die *dwédès*, das waren auch diese winzigen Knübbelchen, die meine Urgroßmutter, die wir *Mamanmimi* nannten, zwischen ihren Fingerspitzen rollte, bevor sie sie in die weiten Falten ihres Schoßes regnen ließ. Ich sehe sie noch im Hotel meiner Großmutter hinter dem Fenster sitzen, in ihrer langen tunikaartigen *Gandoura*, den Kopf mit einem Turban umwickelt, unter dem zwei durchdringende blaue Augen funkelten, wie sie in endloser Folge die nahrhaften Kügelchen zwischen ihre Schenkel gleiten ließ. Dann schüttete sie die gewonnenen Perlen, ohne zu zaudern, in diese runden Holzschalen, die *kesras*, bevor sie sie zum Trocknen auf großen Tischdecken ausbreitete …

Du hast auch gesagt und dabei auf den kleinen Weihnachtsbaum gezeigt, den dir deine Freundin Renata gebracht hatte und den wir seit mehreren Tagen in deiner Nähe hatten brennen lassen: »Mach die Lichter aus, ich will schlafen.« Oder hattest du sagen wollen: »Ich will sterben«, ich weiß es nicht mehr.

Ich ertappe mich bei dem Gedanken, dass das Gedicht von Pierre Reverdy auch dir hätte gewidmet sein können, die du früher nächtelang tanzen und lachen konntest.

Dir, die du uns an jenem Tag batest, dich deinem Schlaf zu überlassen:

Sie hatte wunderschöne Beine
Sie tanzte sie lachte

Und jetzt, was wird aus ihr werden
Sie wandte den Kopf ab
Und bat, dass man sie schlafen ließ.

Dein allerletzter Satz, als ich wieder heraufkam, um nach dir zu sehen, lautete: »Ich will mich auf den Stuhl setzen«, als wolltest du, wie der Wolf aus dem Gedicht Alfred de Vignys, dass der Tod dich nicht liegend, sondern sitzend antrifft. Jean-Philippe hatte geschrien, während ich in die Küche hinuntergegangen war, um das Essen warm zu machen: »Mama, Muriel ruft nach dir.« Wäre er nicht da gewesen, ich hätte dich vielleicht nicht gehört. Jetzt, mit dem zeitlichen Abstand, frage ich mich, wie man sich, während der Tod lauert, so profanen Beschäftigungen wie Essen kochen widmen kann. Aber dabei lässt man diese Blindheit außer Acht, die bei aller Klarsicht das Bewusstsein trübt, und das Ausmaß, in dem man sich schließlich in der Sicherheit wiegt, dass »das Schlimmste niemals gewiss ist«. Das war übrigens meine Devise, die ich jedem unter die Nase rieb, der sie hören wollte.

Du hast den Satz »Ich will mich auf den Stuhl setzen« mehrmals wiederholt, du hast sicher gedacht, dass wir zu langsam reagierten angesichts des Todes, der mit Riesenschritten kam, wir, die drei Frauen, denen die heilige

Pflicht übertragen worden war, deine letzten Handlungen zu begleiten. Ich hatte sie bei mir behalten, Nicole und Jacqueline, die Schwester deines Vaters und meine Schwester, die dich, während du mit dem Tod gerungen hast, nicht eine Minute allein gelassen haben. Aus Scham hatte ich deinen Vater und deine Brüder aus deinem Zimmer verbannt, als wäre der Tod wie die Geburt Frauensache. Aber ich hörte sie hinter der Tür des Frauengemachs, sie drehten sich im Kreis wie große wahnsinnig gewordene Vögel, die sich in ihren Flügeln verfangen haben.

Ich habe deine Arme genommen und sie um meinen Hals gelegt, denn du hattest nicht mehr die Kraft, selbst diese Bewegung zu machen, die du normalerweise mit so viel Sanftheit und gutem Willen machtest, wenn ich dich darum bat und dich dabei ganz nebenbei streichelte. Als du noch in der Lage warst zu scherzen, sagtest du immer: »Nutz es nicht aus.«

Wir hatten dich zu dritt hochgehoben, meine von Schmerzen Gepeinigte. Du warst schwer, ich fragte mich warum, wo du doch so wenig wogst, aber das ist so, wenn man gelähmt ist, ich sollte es später erfahren. Und du warst tatsächlich gelähmt, eine Angst, die dich immer gequält hatte. Prophetisch hattest du ein paar Monate zuvor zu mir gesagt: »Ich glaube, dass ich nie mehr meine Beine werde gebrauchen können«, und ich hatte gelächelt, als ich dich diese stereotype Wendung benutzen hörte. Ein anderes Mal hattest du im Halbschlaf zu mir gesagt: »Ich hab das Gefühl, meine Beine sind eingegipst; hab ich geträumt, oder sind sie es wirklich?« Aber nein, mein Liebling, hatte ich dir geantwortet, das ist ein

Traum, schau, und ich habe deine reglosen Beine abgewinkelt, um dir zu zeigen, dass sie sich noch bewegen konnten.

Ich bin nicht sicher, ob ich dich überzeugt habe.

Ich erinnere mich plötzlich an die Worte, die du eines Morgens im September 1990 zu mir gesagt hast und die ich in meinem kleinen Heft notiert habe: »Mama, ich habe geträumt, dass du vergessen hattest, mein drittes Bein zu wecken.«

Als wir dich endlich auf den Stuhl gesetzt hatten, war alle Farbe aus deinen Lippen gewichen, du warst »bleich wie der Tod«, um einen deiner Lieblingsausdrücke zu gebrauchen, aber diesmal war es kein Bild. Jacqueline wollte dich mit Ohrfeigen wiederbeleben, aber ich schrie: »Nicht, du wirst ihr wehtun.«

Noch heute muss ich unwillkürlich lächeln, wenn ich daran denke, wie lächerlich und unpassend diese Warnung war.

Ein paar Augenblicke später spürte ich auf meiner Wange einen winzigen Luftzug, immateriell und doch zugleich so real, wie ein unmerklicher Kuss, in den du deine ganze Kraft und deinen Eifer gelegt zu haben schienst, wie die Kinder, wenn sie ihre Geburtstagskerzen ausblasen. Es war eine Bewegung deiner Seele, die uns ein letztes Lebewohl sagte, nachträglich allerdings. Du warst bereits nicht mehr da. Einen Augenblick lang fragt man sich, ob der Atem nicht wieder einsetzt oder sich besinnt, als habe er nur für ein paar Sekunden ausgesetzt und nehme einen neuen Anlauf. Doch nein, du, die du uns immerhin hast glauben lassen, dass du unsterblich sterblich bliebest, hattest deinen letzten Atemzug getan.

»Kredit erschöpft, entnehmen Sie Ihre Karte.«

Die herrliche Musik deines persönlichen Kultfilms, *L'Accompagnatrice,* wiegte immer noch deinen Schlaf.

Schönheit, Blässe,
unermesslich geschändet

»Man muss ihr die Augen schließen«, hatte Maminou ein paar Stunden später gesagt. Ich hatte nicht daran gedacht, und ebenso wenig hätte ich sie, wenn ich eine aschkenasische Jüdin gewesen wäre, mit kleinen Kieseln vermauert, wie es die Tradition verlangt. Ich fragte mich, warum ich mich dieser Verpflichtung unterwerfen sollte. Ich dachte an die ägyptischen Mumien, die, klug und hellsichtig, in ihren Sarkophagen die Augen offen behalten, damit der Körper den Weg der Seele wiederfinden kann.

Ich betrachtete deinen auf seiner Bahn angehaltenen Blick und dachte daran, dass deine Augen, wenn du schliefst, stets nur halb geschlossen waren. Der weiße Spalt hatte mich immer erschreckt, weil sie mich an den Blick eines Blinden oder, schlimmer noch, eines Toten erinnerte, ich wusste damals nicht, dass man mit offenen Augen sterben konnte. »Wenn sie nur nicht gestorben ist«, war immer meine erste Reaktion, wenn ich nach dir sah, aber nein, das war deine Art zu schlafen, als wärest du wach. Und schließlich beruhigte ich mich jedes Mal, indem ich dich ein wenig schüttelte.

Außer das eine Mal, als du dich nicht bewegt hast.

Schließlich habe ich mich dann doch dem gefügt, was ein heiliges Ritual zu sein schien, aber du hast dich gewehrt hinter deinen starr gewordenen Lidern. Bis du unter dem Druck meiner Liebkosung endlich bereit warst, der Welt zu entsagen und dich in dich zurückzuziehen.

Ich wage nicht an diese Nacht zu denken, die plötzlich in dich eindrang, in dich, die du solche Angst vor der Dunkelheit hattest.

Dieses Gesicht, das das deine geworden ist, hat sich in mein Gedächtnis eingegraben; lange habe ich mich gefragt, was für eine Bedeutung dieses Lächeln haben mochte, das nach deinem Tod auf deinen Lippen festgefroren war. So weit ich mich zurückerinnern kann, und die Fotos von dir bestätigen es mir, habe ich bei dir, glaube ich, seit du ein kleines Mädchen warst, stets diesen merkwürdigen Ausdruck von Gleichgültigkeit bemerkt, der deinem Gesicht, das sonst so heiter und fröhlich war, einen frühreifen Ausdruck verlieh. Die ernüchterte Falte in den Mundwinkeln konnte nicht neueren Datums sein, da du mir ein paar Tage vor deinem Tod, als ich dich anflehte, mir zuzulächeln, um mich zu beruhigen, mit schwacher Stimme geantwortet hast: »Ich bin zu erschöpft, um zu lächeln.« Merkwürdigerweise hatte ich das Gefühl, dass du eigentlich hattest sagen wollen: »Ich bin zu erschöpft, um zu sterben«, als bräuchtest du noch Kraft, und du hattest so wenig, um diesen letzten Schritt zu tun. Später habe ich erfahren, dass der Akt des Lächelns eine ungeheure Arbeit Dutzender kleiner Muskeln unseres Gesichts erfordert. Diese Anstrengung war dir nicht mehr möglich.

Dieses alte Lächeln, das dich an jenem Tag überlebte, war ein enttäuschtes Lächeln im etymologischen Sinne des Wortes, es war das Lächeln eines Menschen, der nicht mehr getäuscht werden konnte. Als hättest du seit langem, lange bevor das Schicksal dir Recht gab, um die lächerliche Eitelkeit des Lebens gewusst – bevor du schließlich, wie die kleine Ziege des Monsieur Seguin, ausgestiegen bist.

Patrick, dein »großer Bruder«, wie du ihn nanntest, war am Tag zuvor aus Paris gekommen, wo er arbeitete, über und über beladen mit Geburtstagsgeschenken für dich und wie immer voller Ideen. Wenn er nach Hause kam, war das stets ein Freudentag. Mit begierig leuchtenden Augen hast du darauf gewartet, dass er seine Schätze auspackte; wie ein Konquistador, der aus dem Land der aufgehenden Sonne zurückkommt, brachte er dir, wohl wissend, wie sehr du all diese angeblich unnützen Gegenstände liebtest, Schönheitsmasken, Parfums, Nagellacke, seidenweiche Cremes, Lippenstifte und Eyeliner in allen Farben mit sowie Pailletten, die du durch deine Finger hast gleiten lasssen. Wir breiteten all diese Wunderdinge, die die Lust am Körper feierten, in deinem Zimmer auf dem Fußboden, auf dem Bett, auf dem Tisch aus und stritten uns darum, obwohl ich sehr wohl wusste, dass sie nur für dich bestimmt waren. Du hast alles sofort ausprobiert, hast an den Parfums geschnuppert, mit den Fingern die zarte oder kräftige Konsistenz geprüft und dir die Augen, die Hände und das Gesicht beschmiert.

Als schelmisches und gieriges kleines Mädchen hast du das Spiel der Verführung neu entdeckt.

Véronique, Patricks Lebensgefährtin, mit der du dich wunderbar verstandest, hat dich für ein Schminkfest zurechtgesetzt, denn sie verstand sich in der Kunst, dein Gesicht zu verwandeln, deine Züge zu beleben, deine Augen zum Leuchten zu bringen. Du hast dich willig der Lust hingegeben, auf deinen Wangen ihre wohltuenden Hände zu spüren, unter deren Berührung du zu strahlen begannst. Und mit ihren erfahrenen Fingern brachte sie auf deinen entspannten Zügen dein Madonnengesicht wieder zum Vorschein.

Ich sagte: »Es beseitigt zwar vielleicht nicht die Runzeln, aber zumindest bringt's dich zum Schmunzeln.«

Sie zeigten dir ihre Fotoalben und erzählten dir von ihren Reisen: die Überfahrt zur Insel Comodo, wo sie Aug in Aug einem Waran gegenüber gestanden hatten; der lange Marsch entlang der Chinesischen Mauer; der Kalligraphiekurs bei einem großen chinesischen Meister; die Reise per Autostop mit zwei jungen und schönen Jemeniten, die sie mit ihrem *jambiya,* diesem Dolch, den sie an der Taille tragen, bedroht hatten; das Fest der Farben in Nordindien am Neujahrstag des Mondjahrs; die Stunden in den Hindutempeln inmitten der warmen Sinnlichkeit der Stoffe und Weihrauchdüfte; der Besuch bei einem pakistanischen Fürsten, der in seinem Palast Frauen hinter ihren *Moucharabieh,* diesen kunstvoll gedrechselten Holzgittern, verborgen hielt: Eine von ihnen hatte Véronique angezogen, und nachdem sie sie lange angesehen hatte, hatte sie sie an sich gedrückt und zu ihr gesagt: »Vergiss mich nicht.«

Du hörtest bewegt und fasziniert, aber auch leicht beunruhigt zu. Von deiner Mutter hattest du deinen unersättlichen Bewegungsdrang und deine unstillbare Lust, »[deinen] Verstand an dem der anderen zu schärfen«;

von deinem Vater hattest du dieses Bedürfnis nach häuslicher Sicherheit geerbt, die dir die wohlige Behaglichkeit des Familienkokons gab. Du hättest ihn deinerseits neu geschaffen, du, die du dir immer einen Haufen Kinder gewünscht hast.

Patrick brachte dich mit seinem Gebaren eines Wüstenritters zum Träumen und weckte erneut deine Reiselust. Und Véronique verlieh dem Ganzen noch zusätzlich Würze. Doch als künftige gute jüdische Mutter, die du nicht geworden bist, hast du sie in ihrem Schwung etwas gebremst.

An jenem Abend haben die Zauberkünste deines Bruders versagt. Wie einen Schatten führte er seine schlaksige Gestalt spazieren. Ich sah, wie er bleich in den Garten floh.

Danach ging alles so schnell. Da waren zunächst die Verhandlungen mit dem Rabbiner: Wir wollten, dass du auf dem jüdischen Cimetière du Château bestattet wirst, wegen des unverbaubaren Blicks auf Nizza und die Baie des Anges, allerdings ohne religiöse Zeremonie. Der Rabbi war unerbittlich: entweder das Schloss mit dem Rabbi und seinen Gebeten oder gar nichts. Die Ware war nicht einzeln zu haben, also nahmen wir den ganzen Posten.

Das Nächste war der Besuch der Leute vom Bestattungsinstitut; was hatte das mit dir zu tun? Ihre Weigerung, deinen toten Körper zu berühren, unter dem Vorwand, dass er immer noch ansteckend [*sic*] sei, und ich, die zu allem, was sie vorbrachten, Ja und Amen sagte. Ich, die Hüterin deines Körpers, hatte vor den Wahnideen dieser Sarghändler kapituliert. Infolgedessen wurde dir auch die Totenwäsche verweigert, worüber ich niemals hinwegkommen werde, denn das ist eine Verpflichtung, die zu erfüllen keiner, ganz gleich in welcher Kultur oder Zivilisation, ablehnen kann. Das habe ich in allen Büchern gelesen, in denen ich verzweifelt nach einem »ethnologischen« Grund gesucht habe, um mich zu beruhigen, allerdings ohne ihn zu finden. Giono nennt das einen Leichnam »in einen angemessenen Zustand bringen«, das heißt auch, ihn zu reinigen, und das ist eine heilige Pflicht.

Als mich diese Frage drei Jahre später immer noch verfolgte, ging ich auf den Friedhof von Fès, um dort das Grab meines Ururgroßvaters väterlicherseits zu suchen. Ich habe es nicht gefunden, aber dafür entdeckte ich am Eingang zum Friedhof die folgende Inschrift, die mir für sich allein schon meinen Besuch auf dem Friedhof zu rechtfertigen schien, und ich gebe sie hier wörtlich wieder:

»Eines Tages fragte Cleopatra Rabbi Meir: ›Glauben Sie an die Auferstehung der Toten?‹ Rabbi Meir antwortete: ›Nimm das Beispiel des Weizenkorns: Wenn man es einpflanzt, ist es nackt, wenn es als Ähre wieder aus der Erde herauskommt, ist es mit mehreren Hüllen ummäntelt. Dies gilt natürlich erst recht für die Menschen. Da sie niemals ›nackt‹ (gemäß der mizwot* *) bestattet werden, werden sie mit ihren (Ehren-)Kleidern wieder auferstehen.‹ Dieser merkwürdige Dialog, der im Talmud wiedergegeben wird, lässt jedenfalls die Auffassung zu, dass der Tod für das Judentum nicht ›ein Ende‹, ein endgültiges Ergebnis ist, sondern im Gegenteil die Vorbereitung auf ein neues Leben. Die Bestattung, hier verglichen mit der Aussaat von Saatgut, ermöglicht diese Vorbereitung. Das erklärt den Respekt, den wir dem Körper schulden.«*

Ich glaube, dass ich im Grunde inmitten dieses in ein unwirkliches Licht getauchten Friedhofs gar nicht das Grab meines Ururgroßvaters gesucht hatte, sondern diese Worte, die ich an Stelle des Vorfahren fand und die

* In der jüdischen Tradition bezeichnet *mizwot*, Plural von *mizwa*, »gute Handlungen, die die Macht haben, nach dem Tod Früchte zu tragen«. (Anm. d. Ü.)

mich nachhaltig »beruhigten«, denn sie bestätigten mich in meiner Verzweiflung darüber, dass dir die Waschung deines Körpers versagt geblieben war. (Warum ich nicht daran gedacht habe, sie selbst vorzunehmen, weiß ich bis heute nicht.) Sie legitimierten ihre Bedeutung und ihr Ausmaß, indem sie mich daran erinnerten, dass tatsächlich etwas nicht wieder Gutzumachendes geschehen war, das ein anderer Teil von mir, dafür anfällig, dich zu verraten, zu relativieren versucht hatte, um sich gegen ein unerträgliches Leiden zu wappnen.

Du hast dennoch eine Katzenwäsche bekommen. Ein grauer Herr in einem Anzug von schmuddeligem Anthrazit mit einem kleinen Koffer Typ Leichenwagen hat sich vorgestellt. Wie konnte ich ihm erlauben, deinen Körper zu berühren oder auch nur seine Blicke auf dir ruhen zu lassen? Ich habe ihn mit dir allein gelassen, nachdem ich auf seine Bitte hin alle Kleidungsstücke aus dem Schrank geholt hatte, die du auf deiner letzten Reise und danach tragen solltest. Nach kurzer Zeit war er fertig. Du ruhtest auf dem Bett, angetan mit deiner schönsten *Garderobe*, so nanntest du deine Kleidung: einen Minirock, den dir erst wenige Tage zuvor meine Freundin Martine geschickt hatte; ich weiß nicht einmal, ob du ihn überhaupt noch hattest einweihen können. An den Füßen trugst du diese »witzigen« Socken, wie du sagtest, mit kleinen silbernen Fischen drauf, die du so liebtest (im Krankenhaus hatte die Krankenschwester sie dir bei deinem letzten Aufenthalt ausziehen wollen, weil sie meinte, die Motive aus Metall könnten dich verletzen, aber du hast darauf bestanden, sie anzubehalten). Ich weiß nicht mehr, welche Bluse ich für dich ausgewählt hatte, aber sie war sicher der letzte Schrei. Ich weiß auch, dass sie sehr weit sein musste, damit dein Bauch einer Puppe von Bellmer hineinpasste. Schuhe brauchtest du nicht, das hatte mir der fahlgraue Herr gesagt, als ich ihm dein schönstes Paar hingehalten hatte. Dein Gesicht war friedlich, der Mund und die Augen geschlossen, deine Haare waren frisch frisiert und gepudert, so war es mir jedenfalls vorgekommen, wie die Perücken, die die Figuren von Marivaux oder Beaumarchais tragen. Ich habe dich mit der weißen bestickten Tischdecke aus meiner Aussteuer zugedeckt und an deine Füße ein wunderschönes Laken gelegt, *lençol* genannt, das ich zwanzig Jahre zuvor aus Brasilien mitgebracht hatte. Ich hatte es vermutlich für eine besondere Gelegenheit aufbewahrt, da du es an jenem Tag eingeweiht hast.

Du warst ein vorzeigbarer Leichnam geworden.

»Die Arme gerade am Körper«, rief der Rabbi, als er ein paar Stunden nach deinem Tod in dein Zimmer trat. Ich hatte sie nämlich ganz spontan gekreuzt, nachdem ich deine Hände lange in den meinen gehalten hatte. Ich hatte Mühe, nicht laut loszuprusten, und es ist unmöglich, dass du es von dort, wo du warst, nicht ebenfalls getan hättest, denn dieser Satz war so unpassend, dass er mir eines unserer ältesten Spielchen ins Gedächtnis rief. »Die Arme gerade am Körper«, es war unmöglich, dass du dich nicht daran erinnertest: Als du noch ganz klein warst, war das der keinen Widerspruch duldende Befehl, den ich rief, wenn wir ein Geschäft betraten. Er sollte dich wie durch Zauberkraft von deiner Vorliebe abhalten, deine Hände über alle zerbrechlichen Gegenstände wandern zu lassen, die du bereits auf der Schwelle so begehrlich ansahst. »Die Arme gerade am Körper«, die Mahnung verfehlte nicht ihre Wirkung, wenn auch nur für kurze Zeit: Vorbeugend, lähmte sie dich in der Regel für ein paar Sekunden; heilend, verschaffte sie uns gerade genug Zeit, das Geschäft wieder zu verlassen. Meine Muriel, die alles berühren musste. Ich habe schließlich doch gehorcht und meinen Fehler wieder gutgemacht, der deine Seele in Gefahr hätte bringen können. Ich habe dich in Habachtstellung gebracht, wie der Rabbi es verlangte. Aber ich habe nicht auf das Stirnrunzeln reagiert, mit dem er seiner Missbilligung Ausdruck verliehen hat, als er eintrat und das *Requiem* von Mozart hörte, das ich dir gerade vorspielte. Ich habe ihm freundlich, aber bestimmt bedeutet, dass er warten müsse, bis wir fertig seien. Er hat sich gehorsam gesetzt, seine ratlosen Hände gruben sich in seinen Bart, und wir beide, du und ich, haben in seiner Gesellschaft dieses *Requiem* zu Ende gehört, das du so liebtest.

Dann hat er mit seinen Gebeten begonnen.

chère
Mariëlle,
personnellement, moi, je trouve qu'un bon cadeau d'anniversaire doit s'éterniser un peu et que tous ces gens qui te l'offrent le 18 au soir n'ont rien compris...

Donc, cet
escargot en papier
est en fait un
bon pour un
merveilleuse cadeau à valoir
avant le 19 Décembre 1993.

BONS ANNIVERSAIRES

P.S: attention, la pate de cet
escargot en papier rend impossible le KDO!

Text des Geburtstagsgrußes von Muriels Bruder Patrick:

Liebe Mouielle,
ich persönlich finde, dass ein gutes Geburtstagsgeschenk etwas auf sich warten lassen muss und dass all die Leute, die es dir am 18. abends schenken, nichts begriffen haben… Diese Papierschnecke ist also in Wirklichkeit ein Gutschein für ein wunderbares Geburtstagsgeschenk, der vor dem 19. Dezember 1993 einzulösen ist.
Schöne Geburtstage
PS: Achtung, beim Verlust dieser Papierschnecke gibt es kein Geschenk!

Was für ein Trubel in deinem Zimmer zwischen Freitag, dem 17., und Samstag, dem 18. Dezember! Am Freitag ging es zu wie im Taubenschlag. Deine Freundinnen kamen und gingen und schrieben auf ein Blatt Papier, das auf deinem Schreibtisch lag, die Namen derer, die zu deinem Geburtstag eingeladen waren, der am Sonntag, dem 19., gefeiert werden sollte: Sabine, Marie-Co, Florence, Solange, Edith, Nadia, Renata, Annie, Grâce, die beiden Michels, Corinne, Sophie, Alex, Vincent, Annie, Fred, Laurent, Franck und natürlich Jean-Philipe, Patrick und Véronique. Ich hatte sogar gerufen, als ich einen Blick auf das Blatt warf: »Und ich!«, und hatte meinen Namen hinzugefügt, der eindeutig fehlte. Du hast sogar Geschenke bekommen, mit der ausdrücklichen Ermahnung, sie nicht vor dem Tag X zu öffnen, wie diese kleine Schnecke, die Patrick gezeichnet hatte und die er dir etwas zu früh geschickt hatte, verbunden mit der Aufforderung, Geduld zu haben. Wozu du nicht mehr die Zeit hattest. Und dann wurde von einem Tag zum andern, binnen einer Nacht, alles hinfällig. Das Blatt ist auf dem Schreibtisch liegen geblieben mit denselben Namen, die nun zu den Namen derer geworden waren, die nicht mehr zu deinem Geburtstag, sondern zu deiner Beerdigung eingeladen waren.

Der Tod, was für ein Spielverderber!

Der Stafettenlauf ging den ganzen Tag so weiter, man hätte sich bei all dem Kommen und Gehen in einem Ministerium an einem Krisentag wähnen können; nach und nach machten die Freundinnen den Leichenbestattern Platz, dann den Rabbis und schließlich den zehn schwarz gekleideten Männern, die kamen, um das Gebet zu sprechen. Ich habe niemals eine solche Ansammlung düsterer und verstaubter Gestalten in deinem Zimmer gesehen. Es hätte dir nicht gefallen; zum Glück hast du nichts gesehen.

Aber wir haben alles wieder wettgemacht am 20. Dezember, als wir von deiner Beerdigung zurückkamen. Du hast ein großes Fest bekommen, ein ganz besonderes, wir wussten eigentlich gar nicht mehr, was wir genau feierten, aber es war ein großer Tag. Wir hatten den rechteckigen Tisch gedeckt (wieder mit der schönen weißen Tischdecke aus meiner Aussteuer), weil ich gesagt hatte, dass der runde den Geburtstagen vorbehalten sei. Und wir haben Kuchen und getrocknete Früchte gegessen von großen schwarzgrundigen Tellern mit Blumenmuster, die man in Marokko für Festessen benutzt. Rabah, unsere Putzfrau, hatte sie am Morgen eigens für diesen Anlass von zu Hause mitgebracht. Und sie hatte ihre köstlichen *malouis* gemacht, ein unübersetzbares Wort, das eine Art Crêpe bezeichnet, die aus Hefeteig gemacht wird, den man faltet und in alle Richtungen klopft, bevor man ihn mit reichlich Butter bestreicht; dann gibt man ihn in die Pfanne, bis er schön goldbraun wird und das kunstvolle Gebilde aus übereinanderliegenden Schichten aufgeht. Sie hatte auf diese Weise Dutzende davon hergestellt, die sie auf dem Tisch zu Pyramiden aufgeschichtet hatte, und sie riss mit Daumen und Zeigefinger Stücke davon ab, um sie jedem Gast zu reichen. Du hattest uns erlaubt – und es war wie ein Geschenk, das du uns machtest –, dass wir uns wieder wie zu Zeiten meiner frühen Kindheit zusammenfanden, Juden und Araber gemeinsam, jeder mit seinen Gesten, jeder in seiner althergebrachten Rolle, die Rabah jedoch von Zeit zu Zeit zu verkehren wollen schien, so sehr war unsere Trauer auch ihre Trauer; denn bald herrschte sie als Hausherrin, bald wurde sie wieder die eifrige Hausangestellte aus meiner Kindheit.

Was die Getränke betraf, so floss der Pfefferminztee in Strömen unter dem Blick und der erfahrenen Hand ihres Mannes, Monsieur Assou, der seines Amtes waltete, indem er die Teekanne feierlich hob und senkte, bevor er in einem langen stetigen Strahl ihren brühheißen, durch und durch frischen Inhalt in unsere Tassen goss.

Gesten, die in meinem jüdischen Gedächtnis wieder andere wachrufen, die auf merkwürdige Weise mit der »Fingerfertigkeit«, wie man so schön sagt, verbunden sind. Etwa die meiner Tante Suzanne, die, um jene wundervollen Beignets meiner Kindheit herzustellen, den Teig ins siedende Öl warf und diese Handlung mit einer kreisenden Bewegung des Handgelenks begleitete, um dem Schmalzgebäck seine runde Form zu geben. Die Schwierigkeit war, das Loch in der Mitte des Beignets hinzubekommen. Oder eine andere Geste, meiner Großmutter diesmal, wenn sie spiralförmig den Teig für jenes wunderbare Mandelgebäck in ihre riesige Pfanne goss, das seiner Form wegen so prosaisch »Schnecken« genannt wurde. Das war ein feierliches Ritual, das im Hinterzimmer des Hotels vollzogen wurde, das sie zusammen mit ihren beiden Schwestern Etoile und Rosalie führte (samstags gingen sie alle drei ins Kino und schliefen eine nach der anderen ein, nachdem vorher jede die beiden anderen gebeten hatte, sie zu »kneifen«, um sie aufzuwecken).

Der Ort war eine richtige Räuberhöhle wie aus Tausendundeiner Nacht, vollgestopft mit verbotenen Nahrungsmitteln, ganzen Fässerreihen mit *tramousses* (Lupinen) und zerkleinerten Oliven; man fischte sie heraus, indem man die Hand bis zum Unterarm hineintauchte und dann voller Salzlake wieder herauszog, ein Indiz, das uns unweigerlich verriet.

Wie auch immer: Es war, als erlebte ich an jenem Tag im Schmerz und in den Genüssen, die wir teilten, erneut eine uralte Nähe zu den Traditionen der arabischen Gemeinschaft, die ebenso wie jene der jüdischen Gemeinschaft meine Kindheit geprägt haben. Und mir fällt das Sprichwort wieder ein, das uns während einer Pilgerreise in Algerien ein Araber zitierte: »Eine Stadt ohne Juden ist wie ein Fluss ohne Wasser.« Wir hätten es ihm umgekehrt genauso sagen können, so sehr trifft es auch auf die Araber zu.

Ich habe dort bis 1953 gelebt, dem Jahr, in dem mein Vater beschloss, dass wir dieses Land verlassen würden, da meine Schwester kurz vor dem Abitur stand und es in den bürgerlichen Familien zum guten Ton gehörte, es auf dem »Kontinent« zu machen. Mein Vater hatte gesagt: »Es kommt nicht in Frage, dass ein junges Mädchen allein nach Frankreich geht; wir werden alle gehen.« Und so brach die Sippe ein Jahr vor dem, was wir euphemistisch die »Ereignisse in Algerien« nennen sollten, ihre Zelte ab.

Mein Vater hatte in der Zwischenzeit seine Apotheke verkauft, deren Hinterzimmer für mich immer der geheimnisvollste Ort meiner Kindheit bleiben wird. In diesem langen Raum, in dem es nach Feuchtigkeit und ein wenig nach überreifem Obst roch (das Labor war auf einem *fondouk*, einem alten Lagergebäude, errichtet worden), mischte mein Vater seine »individuell angefertigten Präparate« zusammen, die ihm vor allem unter der moslemischen Bevölkerung zu einer ungeheuren Macht, vergleichbar der eines Magiers, verhalfen. Dort stellte er auch unter strengster Geheimhaltung den verbotenen Anislikör her, während Khaled, sein Angestellter, in der Tür Schmiere stand, um Alarm zu schlagen, wenn »Kellerratten« herunterkamen. Und dort hielt mein Vater, der ein glühender Anhänger Léon Blums war, auch geheime Zusammenkünfte mit einer kleinen Gruppe von Freunden ab, um zu vermeiden, wie er sagte, »von den Faschisten die Fresse eingeschlagen zu bekommen«, bevor die Vichy-Gesetze ihn schließlich trafen.

Diese Osmose mit der arabischen Gemeinschaft hatte ich, und das verdanke ich wiederum dir, meine liebe kleine Tochter, mit einer unheimlichen Intensität in den Tagen vor deinem Tod erleben dürfen. Als wärest du auf die Welt gekommen, um uns über die geheimnisvollen Verbindungen aufzuklären, aus denen unser Leben besteht. Mit Rabah zuallererst, die gemeinsam mit mir all das tat, was dich beruhigen sollte: dich streicheln, dich massieren und vor allem dich wieder aufrichten, wenn du im Bett lagst. Da ich es allein nicht schaffte, ein Kissen hinter deinen Rücken zu klemmen, damit du aufrecht sitzen bliebst, sprang sie in dein Bett, kauerte sich hinter dich und richtete dich auf, wobei sie ihre Beine als Hebel benutzte; oder sie klemmte deine Hüften unter ihre Schenkel und richtete dich auf, indem sie dich mit ihren Armen schob, während ich dich umsorgte. Dann mit Hussein am Tag vor deinem Tod. Er war ein Koloss mit herkulischen Kräften, der als Gärtner, Maurer, Fliesenleger und in diesem Fall als Krankenpfleger bei uns arbeitete. Wir hatten ihn eines Abends geholt, damit er dich ins Wohnzimmer hinunterbrächte, wo du das Feuer sehen wolltest. Papa hatte nicht mehr die Kraft, dich allein zu tragen, du warst schwer wie Blei. Wir hatten ihn gebeten, eine Art grünen Overall aus Papier zu tragen, wie Krankenpfleger sie tragen oder Kosmonauten, und ich sehe noch, wie er dich mit seinen großen Händen packte und auf seinen Armen die Treppe hinuntertrug. Er schien direkt dem Film *Vom Winde verweht* entstiegen – diese Kraft, die er ausstrahlte, und dein zerbrechlicher Körper in seinen Armen. Aber zugleich war er grotesk und rührend in seinem übermenschlichen Bemühen, dich ganz vorsichtig hochzuheben und zu tragen, um dir nicht wehzutun. Die Ärzte hatten gesagt, dass man dich nicht aus deinem Zimmer bewegen dürfe, mit anderen Worten, dass du nicht transportierbar warst. (»Häufig sterben sie, wenn man sie bewegt«, diesen Satz habe ich später im Zusammenhang mit dem, was man schamhaft Sterbebegleitung nennt, gehört.) Ein weiteres Mal hast du bewiesen, mit welcher Zähigkeit du den Fallen des Todes, der dich umschlich, entkamst. Hussein hat dich ins Wohnzimmer hinuntergetragen und dich in den Sessel gesetzt. Du hast das Feuer betrachtet und gesagt: »Das Feuer ist wunderschön.« Nach einer Weile hat er dich wieder geholt und in dein Bett gelegt. Du warst glücklich, und dieses letzte Glück verdankst du Hussein.

In der ersten Zeit habe ich verhindert, dass der Sessel, in den du dich zu setzen pflegtest, benutzt wurde, damit er den Abdruck deines Körpers und die Erinnerung an ihn behielt. Dann habe ich mir gesagt, dass es letzten Endes doch besser wäre, ihn zu benutzen, um noch etwas von dir zu haben im Kontakt mit dem, was du selbst berührt hattest. Später habe ich mich anders besonnen und alle Sessel im Wohnzimmer umgestellt, damit man nicht mehr wusste, welcher deiner war; ich hatte das merkwürdige Gefühl, dass ich, wenn ich auf diese Weise die Spuren verwischte, einen Gegenstand entweihte, der dir gehört hatte, um dich gerade dadurch inmitten des Heiligen wiederzufinden. Ich hatte das Gefühl, dass ich durch diese Geste nicht nur deine Gegenwart verstreute (und freisetzte), wie man Asche verstreut, sondern dass dadurch auch die Chancen, noch mit dir in Kontakt zu sein, gleichsam vervielfacht würden.

Das Feuer betrachten gehörte, meine Kontemplative, zu deinen Lieblingsbeschäftigungen während deiner Krankheit; du hattest eines Tages, es war kurz vor deinem fünfundzwanzigsten Geburtstag, eine Liste der Dinge, die du gern tatest, erstellt und deine Vorlieben der Rangfolge nach nummeriert; nachträglich hattest du sogar noch mit Bleistift und in Klammern die Häufigkeit hinzugefügt, die dir ideal schien. Zufällig fand ich dieses Blatt Papier zusammengefaltet in einem Buch wieder, die Worte waren illustriert mit zarten Arabesken, die wohl in den Augenblicken entstanden sind, in denen du nachgedacht hast. Dabei hast du vermutlich auf dem Ende deines Bleistifts herumgekaut. Ich hätte diese von deiner Hand geschriebene Seite gern reproduziert, aber die Buchstaben sind kaum noch zu entziffern, vor allem an den Stellen, wo das Blatt gefaltet wurde:

Dezember 1991

1. *Mit meiner Hündin am Meer spazieren gehen (einmal pro Woche)*
2. *Baden und mich pflegen (ein- bis zweimal pro Woche)*
3. *Mit meiner Mutter ausgehen*
4. *Am Kamin sitzen (jeden Tag)*

5. *In die Vorlesung von Mlle. G. gehen (einmal pro Woche)*
6. *Unterhaltung mit Monsieur O.*
7. *Beim Jahreszeitenwechsel die Schränke aufräumen (drei- bis viermal pro Jahr)*
8. *Jemandem helfen (wenn die Gelegenheit sich bietet)*
9. *Mitesser ausdrücken (alle zwei Tage)*
10. *Nachts Auto fahren, ohne zu reden, und dabei Musik hören (ein- bis zweimal pro Woche)*
11. *Träumen*
12. *Lachen*
13. *Meine Freunde sehen (alle zwei Tage)*
14. *Reisen (27. Februar bis 12. März: Martinique)*
15. *Ski fahren*
16. *Liebe machen*
17. *Meine Hündin sehen, mit ihr sprechen, sie streicheln (zweimal am Tag)*
18. *Zum Friseur gehen (alle zwei Monate)*
19. *Musik hören*
20. *Nähen (einmal pro Woche)*
21. *Kirschen und Himbeeren essen*
22. *Schwimmen*
23. *Einen Einkaufsbummel machen (einmal pro Woche)*
24. *Reden (jeden Tag)*
25. *Tanzen (gelegentlich)*
26. *Ins Kino gehen*
27. *Neue Leute kennen lernen*
28. *Einen Abend mit Vincent verbringen*
29. *Den Sonnenuntergang über dem Meer betrachten*

Ein Jahr später, fast auf den Tag genau, hast du dir deine Liste erneut vorgenommen und die Prioritäten ein wenig zugunsten des Kaminfeuers verändert:

Dezember 1992

1. *Mich an den Kamin setzen*
2. *Mittagsschlaf halten*
3. *Zur Uni gehen*
4. *Feiern, tanzen*
5. *Zum Friseur gehen*
6. *Ins Kino gehen*
7. *Einkäufe machen*
8. *Mit meiner Hündin am Meer spazieren gehen*
9. *Musik hören*
10. *Auto fahren, ohne zu reden*
11. *Träumen*
12. *Mit meinen Freunden lachen*
13. *Verliebt sein*
14. *Mit Freunden Tee trinken*

Am Tag deines Todes habe ich mir ununterbrochen die Worte aus dem Buch Jesus Sirach wiederholt, wobei ich ihre Bedeutung sicherlich ein wenig in meinem Interesse abgewandelt habe: »Es gibt eine Zeit zum Leben und eine Zeit zum Sterben, eine Zeit zum Lachen und eine Zeit zum Weinen.« Ich habe mich lange gefragt, auf Grund welcher ungeheuren Ungerechtigkeit das Schicksal es nicht erlaubt hat, dass diese Abwechslung respektiert wird, dank derer der Schmerz auf die Freude folgt und die Freude auf den Schmerz, in einer endlosen Schleife. Naiv stellte ich mir vor, dass nicht gegen sie verstoßen werden könne. Wie kann es sein, dass zwei Ereignisse gleichzeitig auftreten, um sich kurzzuschließen, der Jahrestag deiner Geburt und der Tag deines Todes, die natürlicherweise nacheinander eintreten müssten, es sei denn, die Weltordnung würde außer Kraft gesetzt? Welches Strukturprinzip führte dazu, dass diese beiden Ereignisse sich überlagern? Ebenso waren für uns übrigens, während du mit dem Tode gerungen hast, Tag und Nacht, Winter und Sommer, Träumen und Wachen eins. Mit dem Unterschied allerdings, dass es in dieser Phase war, als stünde die Zeit still und machte uns benommen, ohne uns wehzutun, als wollte sie uns auf eine lange Reise vorbereiten, die ohne jeden Zweifel beschwerlich sein würde.

Wie konnte ich ahnen, dass der Tod dich an diesem Tag holen würde? Monatelang hatte ich mich gefragt, an welchem Tag er wohl käme, zu welcher Jahreszeit, zu welcher Stunde des Tages oder der Nacht, in welcher Kleidung er dich antreffen, in welcher Bewegung er dich überraschen würde. Welche Blumen in diesem Augenblick wachsen würden, welche Früchte. Wäre das Wetter schön oder grau? Merkwürdigerweise hatte ich niemals in Erwägung gezogen, dass es gerade an deinem Geburtstag geschehen könnte, der üblicherweise der Feier des Lebens geweiht ist.

Und welche Stilblüten hat diese Unordnung nicht hervorgebracht, diese beispielsweise, aus dem Mund eines Hausmeisters, der mich, als ich nach den Weihnachtsferien wieder in die Uni kam, mit folgenden Worten empfing: »Mein herzliches Beileid und meine besten Wünsche.« Ein Glück, dass die Situation nicht Anlass zur umgekehrten Formel gab.

Ich erinnere mich an einen Septembermorgen, an dem ich von meinem Fenster aus einen wunderschönen Dreimaster sah, der sich nicht zu bewegen schien auf dem Wasser, umgeben von warmen Dunstschleiern einer Nachsaison, die nicht aufhören wollte, mit dem Sommer zu flirten. Ich hatte in meinem Heft notiert, ich glaube, es war 1990: »Sollte der Tod sich den Spaß machen, uns ein Zeichen zu geben mit der Allegorie – zu offensichtlich, zu literarisch, um wahr zu sein – dieses Schiffes, das dort Halt gemacht zu haben scheint, um ihn an Bord zu nehmen, bevor es seinen Weg fortsetzt?«

Nein, der Zeitpunkt war noch nicht gekommen, vielleicht, hatte ich mir gesagt, weil der September mit seinem bernsteinfarbenen Licht ein fast schmerzlich milder Monat ist, beinahe zu mild zum Sterben. Tatsächlich musstest du dir noch Zeit lassen und deinen Weg zu Ende gehen; seit Ende des Sommers waren deine Kräfte dann allmählich geschwunden, meine Sonnenerfüllte, wie die Sonne immer mehr schwindet bis zur Sonnenwende, aber du hast weder die Zeit gehabt, sie zu erwarten, noch, sie zu erreichen. Du bist genau drei Tage vorher stehen geblieben. »Sie ist eine Sonne, die erloschen ist«, hatte Jean-Philippe gesagt. Und der Dichter Guillevic, der ebenfalls seine zwanzigjährige Tochter verloren hatte, schien ihm zu antworten:

Ich habe gelernt, dass eine entzogene,
verschwundene Tote zur Sonne werden kann.

Damals hätte man meinen können, dass, wenn du jenen Punkt überschritten hättest, an dem die Sonne wieder höher zu stehen beginnt, alles gewonnen gewesen wäre. Wie so oft hätten der hell leuchtende Januar in Nizza und sein fast zu grelles Licht den todgeweihten Rückzug der schaudernden Tage vergessen lassen und die Miasmen des Dezember weit hinter sich gelassen. Wir hätten ein weiteres Mal begonnen, Winterschlaf zu halten (»Dieses Überwintern des Denkens besetzt von einem einzigen Wesen«, schreibt René Char), umgeben vom knospenden Gold der Mimosen und dem betäubend schweren Duft des Jasmins. Und der Januar hätte wie immer, wie niemals seine Versprechen gehalten.

Diesen Wechsel habe ich jedoch Jahr für Jahr, koste es, was es wolle, wiederherzustellen versucht: eine Zeit zum

Lachen und eine Zeit zum Weinen. Schon am 10. Dezember zünde ich in deinem Zimmer die kleine gelbe Lampe an, die in den unruhigen Nächten vor deinem Tod so häufig ununterbrochen brannte, und den kleinen Weihnachtsbaum, der deinen Weg fast bis zum Ende begleitet hat, mein Mädchen mit den Schwefelhölzern, das gestorben ist, ohne dass es sich hätte aufwärmen können. Aber zur gleichen Zeit zünde ich auch wieder die Chanukkakerzen an und seit kurzem auch die Kerzen der Diwali, die in Indien nicht nur das neue Jahr einläutet, sondern auch das Fest der Lichter ist. Die Frauen feiern es, indem sie Tausende von Kerzen anstecken, die sie mit dem Handrücken zum Fluss hinschieben. Während sie meine ungeschickten Finger führten, die die Kerze, die sie für dich angezündet hatten, kaum auf dem Wasser zu halten vermochten, erklärten sie mir, dass dies Rama helfen solle, aus seinem Exil nach Hause zurückzufinden.

Ich bediente mich also aller mir zu Gebote stehenden Mittel, womit ich dem Beispiel meiner Großmutter in Oran folgte, der aristokratischeren der beiden (derjenigen, deren Mutter, meine Urgroßmutter also, mit Kaiser Napoleon III. auf dem Ball getanzt hatte, den dieser in Oran zu Ehren der Honoratioren gegeben hatte). In ihrem Portemonnaie trug sie stets ein Heiligenbildchen und einen Davidsstern und verkündete, wenn man angesichts dieses nicht ganz koscheren Verhaltens in schallendes Gelächter ausbrach: »Meine Religion ist, an beide zu glauben, die im Grunde eine einzige sind, da ja allgemein bekannt ist, dass Jesus Jude war.«

Am 18. Dezember, dem Jahrestag deines Todes, lösche ich dann gleich morgens alle Lichter, lasse die Rollläden herunter und schließe die Vorhänge. Tag der Trauer. Ich sperre dich ein, ich schotte dich ab. Du bist die Geisel des Todes, und der Tod ist dein Gast. Ich lasse dich mit ihm allein, solange es nötig ist, aber nicht länger und nicht kürzer, denn am nächsten Tag, dem Tag deines wirklichen Geburtstags, ist Schluss mit der Trauer: Du musst aufwachen, mein Dornröschen. Eine Zeit zum Lachen und eine Zeit zum Weinen.

Am 19. gehe ich erneut in dein Zimmer und öffne sperrangelweit die Fenster und die Tür, werfe die Totenblumen weg und ersetze sie durch diejenigen für deinen Geburtstag. Die einen sind Christrosen, Freesien und Orchideen, mit denen ich dein Grab bedeckt habe. Die anderen sind Lilien, weißer Ginster und Aronstab. Und ich schmettere lauthals: »Auf, auf, ihr Toten« und verkünde in einem Ton, der keinen Widerspruch duldet: »Schluss mit dem *fchouch.*« Was so viel heißt wie: Schluss mit dem Theater. *Fchouch* war das magische Wort, das Rose, die mich angewiesen hatte, die Kinder im Haus loszulassen, in meiner Kindheit drohend aussprach, um jede Art Fieber, echtes wie vorgetäuschtes, auszutreiben.

Rose kam aus einer armen Familie, die von spanischen Katholiken abstammte, und hatte aus Liebe (was damals nicht so häufig war) und ohne Einverständnis der Familie einen jüdischen Notar geheiratet. Sie hatte mich immer fasziniert, weil ich sie, so weit ich mich zurückerinnern kann, in die Lektüre von Büchern vertieft sehe, die sie als leidenschaftliche Autodidaktin verschlang. Sie sah mich kaum an, wenn ich sie um die Erlaubnis bat, mit ihrer Tochter Danielle zu spielen; sie lachte nur, wenn ich ihr ein »Danke, Madame Bénitah« zurief, noch bevor ich eine Antwort erhalten hatte, und meine Freundin, die in der Tür auf mich wartete, mit mir zog.

Sie gehörte zu jenen drei unzertrennlichen Familien (deren Namen alle auf *a*, den hellsten Vokal, enden), in deren Schoß ich in Algerien aufgewachsen bin und die im Grunde eine Einzige bildeten. Alles in allem waren wir sicher zwanzig, die Kinder mitgezählt, und wir machten praktisch alle Reisen gemeinsam. So weit ich mich erinnern kann, habe ich mich, so scheint mir, stets mit allen Fasern meines Herzens dieser *smala*, wie man uns nannte, zugehörig gefühlt, die geprägt war von einer Mixtur aus spanischem Judentum und orientalischem Denken, der ich meinen Sinn für Mischungen, meine Stärke und meine Identität verdanke.

»Colinou, du machst *fchouch*!«, sagte Rose, wenn sie zu mir kam und ich krank war, und ich war gern krank, weil ich dann Besuch bekam und mir Abziehbildchen mitgebracht wurden. Ich glaube sogar, dass ich manchmal das Thermometer am Laken rieb, damit die Quecksilbersäule stieg. Eine Mühe, die dir erspart geblieben ist.

Wie auch immer, auf diese Weise ermahne ich dich jedenfalls immer am Morgen deines Geburtstages. Und ich lasse dem Wort die Tat folgen und lüfte das Zimmer, putze die Fenster, schüttele den zerzausten Weihnachtsbaum, lasse das Wasser im Badezimmer laufen und gehe immer wieder durch den Perlenvorhang, um seine leise Musik zu hören. Ich öffne die Tür, damit das Zimmer wieder beginnt, im Rhythmus des Hauses zu atmen, und nicht mehr auch nur das kleinste bisschen von dem verloren geht, was darin geschieht, was darin gesagt wird, was darin gelebt wird. Damit das Summen des häuslichen

Lebens und die Geräusche von draußen zu dir dringen: die Schreie, das Lachen, die lauten Stimmen, der Autolärm, die Musik und der Gesang der Vögel. Das Licht kann hereindringen und erneut den Raum füllen wie eine Lunge, die man wieder aufpumpt, es vermag das Innen und das Außen in einer warmen und lebendigen Osmose miteinander zu verbinden. Dieses schöne Winterlicht, das du so liebtest und in dem die Geranientöpfe auf deiner Fensterbank gegen das Licht wie Figuren eines Schattenspiels wirkten und der Himmel von so tiefem Azur und das Meer so blau war.

Mein Liebling, mein Liebling,
ich schreibe dir bei grauem Himmel.
Ich weine, weil ich dich so nah fühle,
ohne dich berühren zu können.

Notiz vom 2. Juni 1996

Nach deinem Tod habe ich versucht, dich zu zeichnen, dich zu modellieren, dich zu malen, dich, die du die Sanftheit der italienischen Primitiven, das durchscheinende Geheimnis der Symbolisten und die stoische Gelassenheit der Philosophen in dir vereintest. Ich war felsenfest davon überzeugt, dass es in meiner Macht stünde, dich wieder zur Welt zu bringen. Jeden Morgen ging ich in das Atelier eines Malers, dein Foto unter dem Arm und in der Gewissheit, dass du aus meinen Fingern hervortreten würdest, lebendig wie zuvor, wie immer. Ich war fiebrig erregt wie bei einem ersten Rendezvous. Ungreifbar, entzog sich mir dein Bild jedes Mal von neuem, bis ich mich schließlich in das Unvermeidliche schicken musste: Ich hatte dich für immer verloren.

Später, das ist noch gar nicht so lange her, habe ich dich wiedergefunden, über eine Zeichnung, die gar nicht dich darstellte, sondern eine indische Frau, zumindest hatte ich das geglaubt, und du hattest dich unbemerkt unter meine Finger geschlichen, als wärst du mir entgegengekommen. Es war, als wärst du in die Gesichtszüge und in den Gang derjenigen geschlüpft, die ich »Vorwärtsgehende Frau« genannt und mit zwei Versen von Paul Eluard versehen hatte:

Der Schnee und ihr Lachen
machten den Schlamm unfruchtbar
Ihr Gang war jungfräulich.

Nachträglich ist mir klar geworden, dass es sich nur um dich handeln konnte, mit jenem etwas linkischen Gang, den du am Ende deines Lebens hattest, du, die du nicht aufgehört hast vorwärtszugehen, meine Gradiva, meine *Gravide*, schwanger mit deinem Tod.

Noch später habe ich mir andere Tricks ausgedacht, um dich dem Tod zu entwinden. Ich hatte mir in den Kopf gesetzt, Fotos von dir wieder ausfindig zu machen, von deren Existenz ich wusste, die ich aber nie oder nur flüchtig gesehen hatte. Als würde allein schon die Tatsache dieser Entdeckung das Missverständnis deines Todes aus der Welt schaffen und seine Realität dementieren. Und ich habe eine Liste der Personen gemacht, die mir helfen könnten; während ich auf ihre Antworten wartete, nahm ich unser Wiedersehen vorweg. Mit einer Freude, in die sich Angst mischte, stellte ich mir vor, wie du erneut nach langer Abwesenheit in mein Leben trittst: Wie wird sie sein? Wird sie sich sehr verändert haben? Tagelang habe ich alles von diesen Bildern erwartet, als hingen dein Leben und meines nur an einem seidenen Faden und als hinge es nur von den anderen ab, dass er nicht reißt. Mehrere meiner Hilferufe (was für eine Idee zu glauben, die anderen hätten die Macht, uns zu retten) sind ungehört verhallt. Aber vielleicht haben diese Fotos nie existiert, vielleicht waren sie nichts geworden.

Ich habe niemals das Hochzeitsfoto von Anne zu Gesicht bekommen, auf dem du, dessen bin ich mir sicher, zu sehen sein musst, da sie erklärt hatte, dass man es nicht ohne dich machen würde. Und alle hatten für das traditionelle Foto auf unsere Ankunft gewartet. Es ist wahr, wir waren ganz besondere Gäste, du als langjährige Freundin, die Hochzeiten und Familienfeste liebte, und ich, weil ich deine Gesellschafterin war. Und es war tatäschlich völlig ausgeschlossen, dass du mich von diesen Zeremonien befreitest, zu denen du nicht gegangen wärst, wenn ich dich nicht begleitet hätte. Und so sehr du, als Freundin, deine *Mutter*, wie du mich stolz nanntest, mitnehmen wolltest, hast du auf der anderen Seite die Gesellschaft deiner Eltern abgelehnt, und Papa bemühte sich in jeder Hinsicht vergeblich. Du fühltest dich etwas verunsichert, da du dort häufig Klassenkameraden wiedertrafst, die du aus den Augen verloren hattest, und in deinem schamhaften Stolz ertrugst du es nicht, dass man dich bemitleidete; ich war die diskrete Krücke, auf die du dich stützen konntest, ohne Aufsehen zu erregen. Und deine Freunde hatten sehr schnell deinen Wunsch zur Kenntnis genommen, ihnen »ebenbürtig« zu sein, sie, die nicht mit Details über ihr Leben geizten, das sich in ständiger Bewegung befand, während deines sozusagen still stand. Was dich, erklärtest du mir, verwundbarer und etwas weniger gesellschaftsfähig machte, wenn ich dir deine Neigung vorwarf, dich zu isolieren, was so wenig zu dir passte.

Wir haben auch nie, weder du noch ich, das Hochzeitsfoto einer anderen Freundin von dir zu Gesicht bekommen: Nathalie, zu deren Hochzeit wir in den ersten Sommertagen des Jahres 1992 eingeladen waren. (Was hatten sie nur alle, dass sie immer zum Sommeranfang heirateten, wie die Zikaden, die einmütig zu zirpen begannen?)

Nach meinen Nachforschungen glaube ich jedoch, dass es nie existiert hat. Es war eine schöne Landhochzeit, wie Doisneau sie auf seinen Film hätte bannen können, mit dem Hochzeitszug, der durchs Dorf zog und die Steinstufen hinauf, die zu der kleinen Kapelle führten, in dem reinen, klaren Morgenlicht, das wirkte, als hätten es die sintflutartigen Regenfälle am Tag zuvor gleichsam gewaschen.

Das war in La Croix, einem hübschen Dorf im Hinterland, an der Straße nach Digne, wo du, als du ganz klein warst, häufig übers Wochenende bei der Familie deiner Freundin eingeladen warst; ein Dorf aus soliden Steinbauten auf einem Felsvorsprung, zu dem man über eine kleine steile Straße gelangte, danach kam nichts mehr. Du warst an jenem Tag erschöpft, als du ankamst, die wilde Schönheit der Landschaft hatte deine Erschöpfung nicht vertreiben können. Für mich war sie ein weiteres Geschenk, das du mir machtest, diese Straße am Ende der Welt, und du an meiner Seite, so stark und so schwach, und deine Art, dich auf mich zu verlassen. Du, heiter, von einer heiteren Gelassenheit, die so gut zu der endlosen Geduld passte, die du dir selbst gegenüber entwickelt hattest.

Mir fällt plötzlich jener Feuerwehrball ein, auf dem du an einem 14. Juli mit zwei deiner Freundinnen warst, du musst damals gerade vierzehn gewesen sein. Es hatte eine Rauferei gegeben, es regnete Trümmer aller Art um dich herum, und du warst furchtlos, als sähest du die Gefahr gar nicht, als könnte kein Geschoss dich erreichen und als hätte das Böse keine Macht über dich. Wir waren gerade rechtzeitig gekommen, dein Vater und ich, um euch da wegzuholen.

Erfolgreicher war meine Suche nach Dokumenten dagegen bei dem Chirurgen, den wir vor dreizehn Jahren zum ersten Mal gemeinsam aufgesucht hatten. Das war im Juni 1984, und du warst achtzehn.

Für dich war es ein so wichtiges Ereignis: Du hattest endlich unseren Widerstand gegen diese Schönheitsoperation gebrochen, von der du seit deiner Kindheit geträumt hattest und die deine Nase korrigieren sollte, die du zu lang fandest. Und ein bisschen lang war sie tatsächlich, vor allem wenn man dich im Profil ansah oder wenn du schmolltest (meine Großmutter aus Oran hätte gesagt: »Man könnte glauben, da hat jemand seine Schiffsladung Safran verloren«). Der Chirurg hatte also eingewilligt, obwohl er fand, dass dein Gesicht großen Charme besaß, so wie es war, mit diesem schönen, etwas kantigen Oval, das ihn an das der Callas erinnerte. Aber dich hat dieses Argument nicht überzeugt.

Ich erinnerte mich, dass der Chirurg uns damals um Fotos von deinem Gesicht gebeten hatte, von vorn und von der Seite. Er hatte uns zu einem »echten« Fotografen in der Rue Pastorelli geschickt, der auf künstlerische Porträts spezialisiert war, so stand es an seinem Schaufenster. Für mich war es also logisch, dass sie immer noch in seinem Besitz sein mussten.

Die Sekretärin gab mir einen Termin für den folgenden Vormittag; mein Anliegen schien sie in keiner Weise zu überraschen, was mich wiederum sehr erstaunte. Denn nach zehn Jahren die Fotos einer jungen Toten zu »erbitten« konnte auf eine unangebrachte, ja obszöne morbide Grundhaltung schließen lassen. Ich fand mich also ohne dich in dem großen Raum wieder, der uns damals wegen der Lithographie von Braque so beeindruckt hatte, die an der Wand hing und mit der folgenden Zeile versehen war: »Ich liebe die Regel, die das Gefühl korrigiert«, worüber wir uns lange unterhalten haben. Ich bin erneut durch den langen, ein wenig dunklen Flur gegangen, der zum Sprechzimmer des Chirurgen führte, in das man nur hintereinander, im Gänsemarsch eintreten konnte, was uns damals sehr amüsiert hatte.

Ich hatte mich nicht getäuscht. Da warst du, in der jugendlichen Frische deiner achtzehn Lenze, sorgfältig verstaut in einem der Schränke, die die Wände des schmalen Schlauchs bedeckten, du, der winzige Teil dessen, was mir plötzlich wie das ordentliche Gedächtnis der Welt in der Unordnung unserer Leben vorkam. Statt der beiden Fotos, die ich erwartet hatte, entdeckte ich allerdings vier: die beiden von vorn, wegen der ich gekommen war, und zwei weitere von der Seite, die ich vollkommen vergessen hatte.

Doch mich erwarteten noch weitere Überraschungen. Ein paar Tage später ließ der Chirurg mich wissen, dass noch weitere Fotos für mich bereitlägen. Diesmal wurde ich in einen kleinen Raum geführt, der für die Patienten bestimmt zu sein schien, die bevorzugt behandelt wurden oder vielleicht den Arzt regelmäßig aufsuchten. Es schwebte etwas Intimes und Verschwiegenes in der Luft, das auf eigentümliche Weise zu dem Grund meines Besuchs passte und seine Bedeutung noch steigerte. Der Arzt reichte mir die beiden anderen Fotos von dir, die gleichen wie die vorherigen, aber vergrößert. Verblüfft entdeckte ich auf ihnen Details deines Gesichts, die ich bis dahin nie wahrgenommen hatte und die auf mich erstaunlich realistisch wirkten: ein Stück von deinem Ohr mit einem kleinen Goldohrring; die Falten deines Halses, zu einer Zeit, da ihn noch keine querlaufende Narbe verunstaltete (die Folge einer Biopsie, die gemacht worden war, als deine Krankheit ausbrach), und sogar der Kamm, der deine Haare hielt und den leichten Flaum auf deiner Stirn freilegte.

Die Vergrößerung zeigte mir dein Bild nicht nur deutlicher, was bereits ein Vorteil war. Sie machte auch winzige Details von dir sichtbar, die bis dahin unsichtbar gewesen waren, und es war, als hielte ich nun den unumstößlichen Beweis für deine uneingeschränkte Gegenwart in Händen.

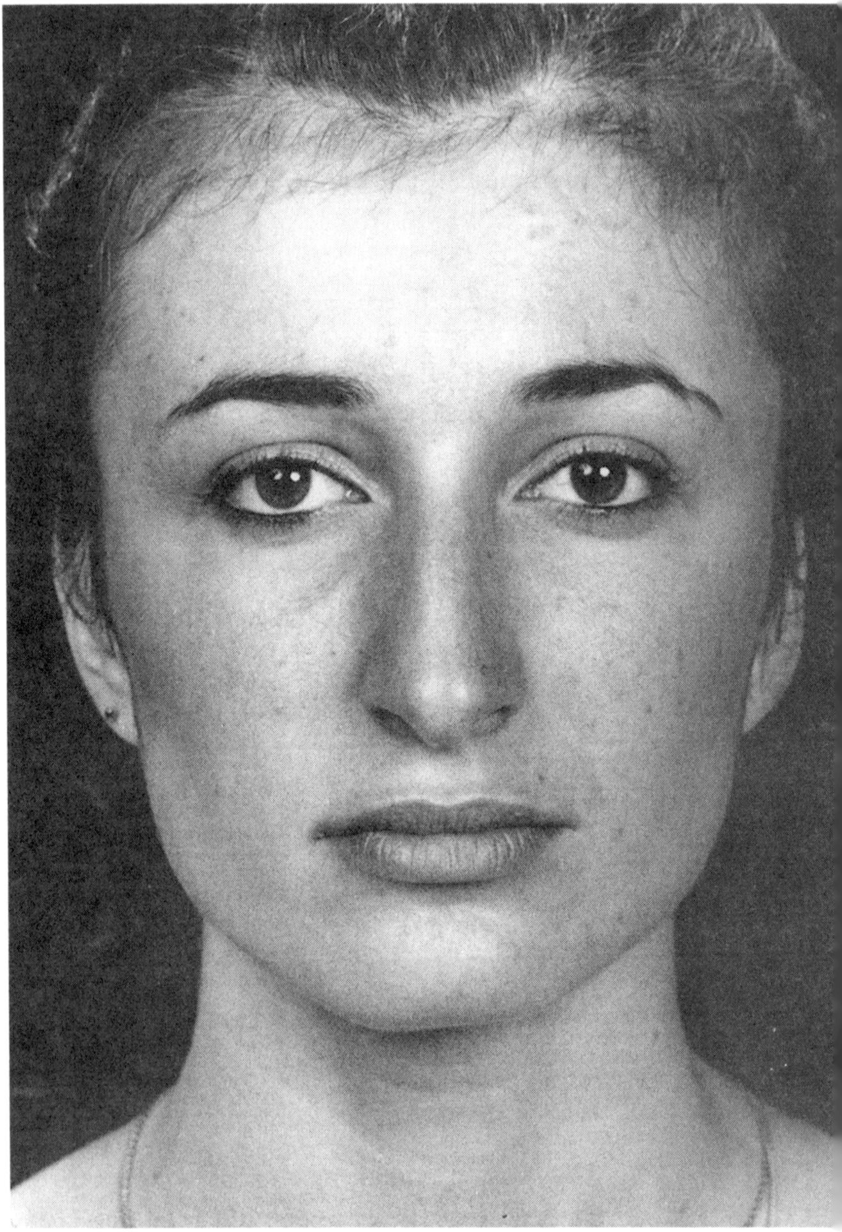

Beinahe fünf Jahre lang hast du den Großteil deiner Zeit in deinem Zimmer verbracht. Ein Zimmer ganz und gar austapeziert mit deinen Hoffnungen, deinen Träumen, deinen Alpträumen, deinem Leiden, deinem Lachen, deinen Anrufen bei deinen Freunden, den Worten, die du gesagt hast, denen, die du nicht gesagt hast, denen, die du geschrieben hast.

Du hast dort gearbeitet, du hast dort gelesen, hast dich gekämmt, hast Musik gehört. Und ich nenne wild durcheinander all diese Heerscharen von Schatten, die so oft deine Einsamkeit bevölkerten, nachts vor allem: die Passionen von Bach, die Konzerte und die Kirchenmusik von Mozart, das *Stabat Mater* von Pergolesi, die Schubert-Trios und auch Gainsbourg, Fabienne Thibault, Brel, die Rolling Stones, Simon and Garfunkel, Elton John, Rita Mitsouko, Higelin, Gérard Lenorman, Maxime Le Forestier … All diese Stücke und Dutzende andere waren Teil deiner Mundvorräte, die du aufgelistet hast, bevor du ins Krankenhaus gingst, wie man auf eine Reise geht, und die du mitgenommen hast, weil sie dir ebenso unentbehrlich wie deine Zahnbürste waren.

Du hast die Bilder in dich aufgesogen, die du abends in dem großen Atlas suchtest, der immer auf deinem Nachttisch lag und in dem sich Detailkarten der Länder und Reiserouten befanden, die du von deinem Bett aus fiebrig erregt entdecktest; oder die du wiederfandest, da du schon dort gewesen warst…

Du hast dich in die Lektüre einer Vielzahl von Texten vertieft: Freud natürlich, den du als künftige Psychoanalytikerin, die du zu werden gedachtest, leidenschaftlich verschlungen hast, aber auch die ganze so lebendige und farbige lateinamerikanische Literatur, für die du so geschwärmt hast: Pablo Neruda, García Márquez, Julio Cortázar. Eines Tages hatten wir begeistert festgestellt, dass, vergleichbar den Milliarden Menschen, die den Planeten bevölkern, ein Buch niemals mit einem anderen identisch ist, selbst wenn es ihm ähnelt. Du liebtest, unter so vielen anderen, André Brink, dessen Roman *A dry white season* ich durch dich entdeckt habe, oder die Romane von Philip Roth, die deine Freundin Annie, die in Paris lebte, dir stets besorgte, sobald wieder einer erschienen war. Ich habe die Bücher, die deine letzten Tage begleitet haben, auf deinem Nachttisch liegen lassen: *Vierundzwanzig Stunden aus dem Leben einer Frau* von Stefan Zweig, *Les Faux-Fuyants* von Françoise Sagan und das allerletzte Buch, das du in den Händen gehabt hast, *Grüne Tomaten* von Fannie Flag, dessen Lesezeichen anzeigt, dass du die Lektüre auf Seite 100 abgebrochen hast.

Das Kino hat dir ebenfalls geholfen zu leben: Wir gingen die Filme der Woche durch, nachdem wir aufmerksam die Kritiken verfolgt hatten, vor allem diejenigen des kleinen Männchens von *Télérama*, dessen Mimik und Gestik du en detail nachmachtest; anschließend hast du das Programm zusammengestellt und uns in unser Lieblingskino geschleppt, das Rialto in der Rue de Rivoli, denn dort spielte man nur Filme in Originalversion. Fünf Jahre lang konnten wir, dein Vater und ich, nicht mehr in diesen Saal gehen, so sehr war dieser Ort von deiner Geschichte, deiner Gegenwart erfüllt. Jetzt habe ich im Gegenteil das Gefühl, dass du uns dorthin begleitest. In den letzten Wochen deines Lebens gingst du weniger häufig aus, dafür konzentriertest du dich auf den Videorecorder, der uns eine große Hilfe war, um deine Freizeit zu Hause neu zu gestalten. Um etwas Abwechslung ins Vergnügen zu bringen, hatten wir die Idee gehabt, eine Rangfolge der besten Filme aufzustellen, und es hatte dich amüsiert, ihnen Noten, auch schlechte, zu geben. *Lolita* rangierte weit oben auf der Hitliste, ebenso Hitchcocks *Die rote Lola*, ein Film, den du in- und auswendig kanntest und den du zum letzten Mal ein paar Stunden vor deinem Tod gesehen hast. Du trugst deine Schildpattbrille, die ich mit deinen Fingerabdrücken auf den Gläsern aufgehoben habe.

Wir unterhielten uns stundenlang, über ernste und weniger ernste Dinge. Über die Tagesereignisse, für die du dich interessiertest, um »informiert« zu bleiben, wie du es nanntest, aber weniger in streng politischem als vielmehr in humanitärem Sinn, du, die du eine treue Anhängerin der *Restos du cœur** und von Amnesty International warst. Du hattest mit leidenschaftlicher Anteilnahme die Salman-Rushdie-Affäre und die Kontroverse über den islamischen Schleier verfolgt und hattest mit Erleichterung die Abschaffung der Apartheid aufgenommen, die

* Wörtlich: »Restaurants mit Herz«, eine Einrichtung zur Verköstigung sozial Schwacher und Obdachloser. (Anm. d. Ü.)

dich immer zutiefst empört hatte. Denn deine ganze Lebensphilosophie, deine ganze Ideologie ließ sich auf einen Nenner bringen, das Prinzip der Toleranz. Ungerechtigkeit, Elend, Ausschluss konntest du nicht ertragen.

Über den Tod sprachen wir fast nie, außer »zum Spaß«, wie ihr sagtet, als ihr klein wart. Mit besonderem Vergnügen benutztest du die idiomatische Wendung »Das bringt einen nicht gleich um«. Oder, aus den Augenwinkeln auf meine Reaktion lauernd: »Mama, ich bin am Ende.« Natürlich war dir die doppelte Bedeutung, die wörtliche und die übertragene, bewusst, und möglicherweise spieltest du mit ihr, so kam es mir vor, um uns beiden Angst zu machen, vielleicht aber auch, um den Tod zu entdramatisieren. Und wenn du mit Rivka, deiner treuen Hündin, spieltest, sagtest du häufig zu mir: »Mama, ihre Augen sind offen, und sie liegt da wie tot.«

Zweimal jedoch, auch daran erinnere ich mich, war deine Anspielung auf den Tod ernst gemeint. Das erste Mal hast du sehr heftig reagiert: Als ich wollte, dass du dir Schumanns *Gesänge der Frühe* anhörst, hast du gebrüllt: »Mach das aus, das ist Todesmusik.« Eine Sekunde später hast du mit ersterbender, gespielt gleichgültiger Stimme zu mir gesagt: »Wenn ich sterbe, was werdet ihr mit meinem Geld machen?« »Und wenn ich sterbe, liebe Tochter«, hatte ich dir geantwortet, »was wirst du mit unserem machen?« Häufig habe ich dir auf diese Weise Sand in die Augen gestreut, das war zu unser beider Vorteil.

Wie oft jedoch erweckten wir den Anschein, als gerieten wir wegen Kleinigkeiten in Panik, als ginge es um unser Leben, und vergaßen darüber die wirklichen

Gründe für unsere Angst. Wie an dem Tag, an dem wir dein Zimmer neu gestrichen hatten, in einem Blau, das nicht hundertprozentig dem entsprach, das du ausgesucht hattest. Wir waren am Boden zerstört und überlegten den ganzen Tag hin und her, wie wir es anstellen könnten, die Farbe doch noch hinzubekommen. Es ist uns nicht wirklich gelungen. Manche Blautöne, wie derjenige, den du im Kopf hattest, lassen sich eben nicht so leicht einfangen.

Du hattest dir angewöhnt, mich zu bitten, dich in den Prüfungsfächern »abzuhören«, die du gelernt hattest, nachdem du nach den Mitschriften oder Kassetten, die deine Kommilitonen dir geliehen hatten, die Vorlesungen geduldig abgeschrieben hattest, in die du nicht immer gehen konntest, weil dir die Kraft dazu fehlte. Und es war immer eine schreckliche Enttäuschung für dich, wenn du nicht hingehen konntest. Allerdings hast du, wie Sophie sagte (die als Psychologin im Krankenhaus arbeitete und die deine Freundin geworden war) »Bewunderung erregt«. Wie oft bist du mit 40° Fieber aufgestanden, hast eine Aspegictablette genommen und bist in die Uni gegangen. Die Vorlesung sei, behauptetest du, zu wichtig, um sie zu versäumen, oder es sei zu schwierig, sie nachzuholen.

Wir machten es uns bequem, du in deinem Bett, ich im Sessel. Ich hörte dir zu, während du mit souveräner Gleichgültigkeit die Liste der kleinen und großen Leiden des Körpers und der Seele herbetetest, die zu deinem Lehrstoff in Biologie gehörten. Das war das letzte Fach, das dir für deinen Abschluss in Psychologie noch fehlte, bevor du dich auf das Gebiet der Psychoanalyse spezialisieren wolltest. Auf diese Weise habe ich gelernt, es war unmittelbar vor deinem Tod, dass es mehrere Arten von Komata gibt. Ich zitiere dich, deine Vorlesung zitierend: leichtes Koma mit vorübergehendem Bewusstseinsverlust und ohne Schädigung des Nervensystems; mittelschweres Koma, tiefes Koma mit Ausschaltung des Bewusstseins und schließlich das überschrittene Koma mit einer tonischen Phase (Muskelstarre) und einer klonischen Phase, über die ich nichts weiß, da du die Definition nicht notiert hast. Du belehrtest mich auch, meine Wissenschaftlerin, über die Synapsen, die Propriozeptoren, die Gehirnwindungen und die endlose Liste der Geisteskrankheiten.

Im Gegenzug fütterte ich dich mit Wörtern. Denen des Lexikons, die wir mit aufgeschlagenem Buch wie ein langes Gedicht lasen; denen, die du nicht kanntest und deren Bedeutung ich dir diktierte. Dutzende von Heften hast du so mit diesen Wörtern vollgeschrieben, die zu deinen Freunden wurden. Mit all denen auch aus meinen Kindheitserinnerungen, die du auswendig kanntest und die ich dir erneut erzählen sollte. Wie die Geschichte vom »Abend des Eies«, die sich in Oran während des Kriegs, als die Lebensmittel rationiert waren, ereignet hatte und das Temperament jener Großmutter deutlich machte, die mich so sehr geprägt hat. Eines Abends hatte meine Schwester – sie war sechs, ich vier – mit lautem Geschrei ein weich gekochtes Ei verlangt, obwohl sie gerade mit dem Abendessen fertig war. Meine Großmutter gab nach, nachdem sie sich, nicht ohne eindringliche Drohungen, versichert hatte, dass es sich nicht um eine Laune, sondern um wirklichen Hunger handelte, und servierte der Unglückseligen also ein weich gekochtes Ei. Doch kaum hatte Jacqueline den ersten Löffel von ihrem Ei gegessen, erklärte sie, dass sie es nicht mehr wolle. Und nun begann, was für mein Empfinden der längste Abend meines Lebens war: Meine Großmutter und meine Schwester lieferten sich über Stunden einen gnadenlosen Kampf, die eine hörte nicht auf, der anderen zu sagen, dass sie ihr Ei schließlich doch vollständig aufessen würde, und wenn sie es »mit der Nase essen müsste«; die andere pickte ein paar Bröckchen heraus, die sie ewig im Mund behielt, um kleine Kügelchen daraus zu formen, die ihre Wangen ausbeulten. Um zwei Uhr morgens gewann die Entschlossenheit meiner Großmutter plötzlich durch eine Idee an Stärke, die schon sehr bald ihre Wirksamkeit unter Beweis stellen sollte: Sie rief die Military Police, und ihr Erscheinen bei uns hatte so gut wie umgehend eine einschüchternde Wirkung auf meine Schwester, die zwischen zwei Schluchzern schleunigst die unglücklichen Reste eines Eis vertilgte, das mittlerweile völlig zerhackstückt war.

Du hast dich an diesen Geschichten über das Essen ergötzt, für dich als künftige Psychoanalytikerin waren sie das reinste Manna, ein Geschenk des Himmels.

Wir kultivierten auch das Vergnügen an Wortspielen. Zu diesem Zweck hatten wir uns unser geheimes Glossar geschaffen, das aus lautmalerischen Worten bestand wie *pouette-pouette* für »Liebkosung« oder malerischen Worten für eine Wirklichkeit, die es sehr viel weniger war – was letztlich ihre Stärke ausmachte –, etwa *mosquito* (manchmal noch ausstaffiert mit einem *tscha tscha tscha*, man frage mich nicht, warum) als Bezeichnung für das Morphium. Oder *balata*, dessen Bedeutung ich hier ebenfalls nicht preisgeben werde, das ich hier jedoch hinschreibe, rein um des Vergnügens willen, es in deinem Ohr widerhallen zu hören, nur um dich noch einmal lächeln zu sehen. Manchmal ging unsere übersprudelnde Kreativität so weit, ein Wort um einen Vokal zu verkürzen, rein um des Vergnügens willen, ein Spiel à la Desnos zu treiben; und so klang in »*Prends ton Dolipran*, nimm dein Dolipran« (für Doliprane) der Satz »*Il était une fois un rein et une reine*, wörtlich: es waren einmal eine Niere und eine Königin« nach. Oder wir erfanden so etwas wie Bout-rimés, Gedichte, bei denen die Endreime vorgegeben waren (eigentlich waren es gar keine wirklichen Bout-rimés): »*Qu'est-ce que tu fais? Je faiblis.* Was machst du? Ich mache schlapp.« Und wenn du frei bekamst, das heißt, wenn deine Behandlung für ein paar Tage unterbrochen wurde, freuten wir uns und jonglierten mit den Worten:

Quand l'rétrovir nous lâche les baskets
Ah c'que sur terre, la vie peut être chouette!
Wenn das Retrovirus uns in Frieden lässt,
Ach, dann ist das Leben auf Erden ein Fest.

Manchmal amüsierten wir uns auch damit, die verschiedensten Wortschöpfungen rund um den Namen des fähigen Arztes, der dich behandelte, zu erfinden, wobei wir mit lauter Stimme seine Laster und seine Tugenden skandierten. Und je nach dem Stand der Dinge wurde er verwünscht, wenn dein Besuch dich belastete:

Peste soit de Pesce
Pesce-tiféré
Die Pest für Pesce
diese Pesce-Beule

oder beweihräuchert, wenn alles gut verlief:

Avec Pesce c'est la pêche
Sans Pesce plus de pêche!
Mit Pesce topp in Form
Ohne Pesce weit unter der Norm!

Manchmal gingen wir sogar so weit, ihm die Macht zuzuschreiben, das Virus zu töten:

Pesce-ticide.
Pesce-tizid.

Und das tat dir sehr gut, dir, die du die Wörter immer viel zu ernst genommen hast, als du klein warst. Eines Tages hattest du uns feierlich die Worte deines Volksschullehrers zitiert: »Man muss die Worte des Lehrers von seinen Lippen trinken.« Und wir lachten, als du ihn nachahmtest: du nicht. Du hast uns auch die vernichtende Bemerkung wiedergegeben, mit der eine deiner Volksschullehrerinnen ihrer Missbilligung über allzu zerstreute Antworten Ausdruck zu verleihen pflegte: »Dummes Geschwätz!« – ein Satz, der wie ein Fallbeil niederging. Deine Brüder versuchten zwar, dir Respektlosigkeit und Frechheit beizubringen, aber vergeblich. Wie oft hast du dir die Erzählungen über ihre Streiche mit einem amüsierten Lächeln angehört, in das sich immer auch leichter Tadel mischte, da du einen größeren Respekt vor Ordnung und Moral hattest als sie. Etwa die Geschichte, wie Patrick die Strafaufgabe, die ihm sein Lehrer (in der Abiturklasse!) auferlegt hatte, erledigt hat, indem er ihm statt der fünfzig Lehrsätze, die er abschreiben sollte, fünfzig Fotokopien gab. Oder wie Jean-Philippe nichts Geringeres als das dicke Klassenbuch, also sozusagen die Identitätspapiere der allmächtigen Verwaltung, hat verschwinden lassen, damit die Schüler, allen voran er selbst, sich einer Kontrolle entziehen konnten. Das heilige Stück war sehr viel später wieder gefunden worden, zu Hause unter seinem Bett, eingeklemmt zwischen Wand und Bettrahmen. Und eine andere denkwürdige Geschichte, die Teil unserer Familienmythologie ist und die Jean-Philippe nicht müde wurde zu erzählen, wobei er die Szene nachspielte, als fände sie vor unseren Augen statt: Als er eines Tages zu spät zum Chemieunterricht gekommen war und sich dabei so ungezwungen und frech wie immer aufgeführt hatte, war er mit folgenden Worten der Klasse verwiesen worden: »*Dégage guedj,* verschwinde Guedj« (was Jean-Philippe verballhornte zu: *»Déguedj gadge«*). Nach einigem Hin und Her zum Ergötzen einer außer Rand und Band geratenen Klasse war Jean-Philippe endlich bereit gewesen, in den Studiersaal zu gehen, wobei er sich, schrecklicher Quertreiber, der er war, nicht verkneifen konnte zu sagen: »Ist mir doch egal, mein Vater ist Chemiker, er wird mir den Stoff schon erklären.« Und der Lehrer hatte ihm mit dem Zeigefinger gedroht und geantwortet: »Dein Vater schon, aber du nicht.«

Wir kümmerten uns auch um deinen Körper. In den

letzten Monaten vor allem, wenn ich dich massierte, sagtest du zu mir: »Man könnte meinen, dir macht es mehr Vergnügen als mir.« Jeden Abend wartete ich in diesem Zimmer, dass du deine Toilette beendetest, bevor ich dich zudeckte und dich deiner Nacht überließ. In deinem blauen Sessel sitzend, lauerte ich auf das wohlklingende Rieseln des Perlenvorhangs, der dein Zimmer vom Badezimmer trennte. Manchmal wäre ich beinahe eingeschlafen, und du konntest es nicht ertragen, mich mit geschlossenen Augen zu sehen, du hattest Angst, ich könnte tot sein. Vielleicht hast du es deswegen gehasst, mich dieses Wiegenlied singen zu hören:

Meine geliebte Puppe will nicht schlafen
Schließ deine sanften Augen, deine Saphiraugen,
Mein kleiner Engel, du lässt mich leiden
Schlafe, schlafe, oder ich werd sterben.

Du sagtest: *»Attends, maman, j'en ai plus pour longtemps«*, womit du meintest: »Warte, Mama, ich hab's gleich.« Man hätte es aber auch anders verstehen können: »Warte, Mama, ich hab nicht mehr lang (zu leben).« Ich habe mich immer gefragt, ob du den Doppelsinn dieser Worte verstanden hast, die du in der für dich so typischen beiläufigen Art sagtest.

Dir des Glücks bewusst, das meine Gegenwart dir bescherte, sagtest du auch. »Meine kleine Mama, was würde ich nur ohne dich machen?« Was unweigerlich die gleichlautende Gegenfrage provozierte: »Und ich, meine kleine Tochter, was würde ich ohne dich machen?« Ich mache, ich mache weiter, siehst du, als ob sich (fast) nichts geändert hätte: Alles ist zersplittert, aber man sieht nichts oder so wenig. Ich bin nicht vor Kummer gestorben, wie meine Großmutter in Tiaret nach dem Tod ihrer Tochter oder wie diese Frau, deren beide Kinder in einem Schwimmbad ertrunken sind. Ich bin nicht gleichzeitig mit dir untergegangen, ich lebe, ich esse, ich schlafe, ich lache, aber ich habe deinen Tod in mir, den ich beherberge, den ich wiege, der mich nährt.

Wie die Lebensmittelhändlerin mit ihrem gesunden Menschenverstand nach dem gewohnten »Wie geht's« und meinem ebenso gewohnheitsmäßigen »Gut« so treffend bemerkt hat: »Natürlich, wenn man bedenkt, was Sie alles durchgemacht haben, dann geht es, selbst wenn es gutgeht, nicht gut; es kann nie wieder gutgehen.«

Dein Zimmer: Lange glaubte ich, dass du nur hinausgegangen wärst. Ich weiß jetzt, dass du nicht mehr zurückkehren wirst. Aber ich weiß noch immer nicht, woran man den Unterschied merkt zwischen einem Zimmer, das leer ist, weil man es verlassen hat, um irgendwo anders hinzugehen, und einem Zimmer, das der Tod uns zu verlassen gezwungen hat. Ich stelle mir manchmal vor, dass du sehr weit fort gegangen bist und dass dein Zimmer, wenn das der Fall wäre, immer noch genauso aussähe. Doch nein, es schwebt in ihm, ob man will oder nicht, ein Todesgeruch, süßlich und betäubend, den man nicht wahrnähme, wärst du am Leben. Als hätten alle Gegenstände, die deinen persönlichen Raum bevölkerten, ihren Glanz verloren, weil sie dir nicht mehr gehörten, und das trotz meiner Hartnäckigkeit, sie durch häufiges Abstauben zu erhalten. Sterben, was für ein Leichtsinn.

Dein Körper hat das Haus verlassen, aber mir bleiben greifbare Spuren von ihm, deine Schrift. Ich habe das Gefühl, dass ich durch sie deinen Körper berühre und dass er mir in seiner ganzen glücklichen Zerbrechlichkeit erscheint. Tag für Tag, Jahr für Jahr hast du ganze Hefte mit Notizen gefüllt und zahllose Karteikarten in allen Farben angelegt, wobei du das Werkzeug des guten Schülers benutzt hast: das Lineal aus Plexiglas, die Füller, rot für die Kopfzeile, grün zum Unterstreichen, blau zum Schreiben, ganz zu schweigen vom Tintentod, der immer in Reichweite lag, da du Streichungen hasstest. Ich habe diese Aufzeichnungen sorgfältig ganz oben in deinen Schrank in riesige Schachteln geräumt, die kleinen Särgen ähneln; aber ich habe nicht gewagt, deine kleinen schwarzen Hefte zu öffnen, außer einmal, sehr schnell und beinahe, ohne es zu merken, und ich fand darin die Worte *Zärtlichkeit* und *Einsamkeit.*

Ich habe alles aufbewahrt, was deine Hand geschrieben hat, all deine Ordner, die gefüllt sind mit deiner geduldigen und akkuraten Handschrift, die gegen Ende deines Lebens allerdings ungelenk geworden war, wie die Notizen, die du in deiner letzten Vorlesung an der Uni gemacht hast. Du wolltest sie auf keinen Fall versäumen an jenem Tag, es war der 17. November 1993, ich hatte dir geholfen, deine Worte zu beenden, denn du hattest nicht mehr die Kraft dazu; so trägt dieses Blatt unser beider Schriften, aneinander gefügt, sich ergänzend, eins werdend. Ich habe die letzte handschriftliche Seite wiedergefunden, auf der wir die folgenden drei aufgeschnappten Sätze notiert hatten, die in ihrer lapidaren Bündigkeit seltsam wahr klingen: »Wahnsinn: der Schatten der menschlichen Freiheit« (Lacan). »Wenn ich die Götter nicht erweichen kann, werde ich die Hölle aufrütteln.« »Ein nicht interpretierter Traum ist ein verlorener Brief.«

Aber ich habe auch jedes Stückchen Papier aufbewahrt, das du beschrieben hast, wie dieses, das deine Unterschrift trägt, die so gut zu dir passte, so natürlich, fast bescheiden, wie du es zuweilen warst hinter deiner überschäumenden Fröhlichkeit, die du nach außen zur Schau trugst:

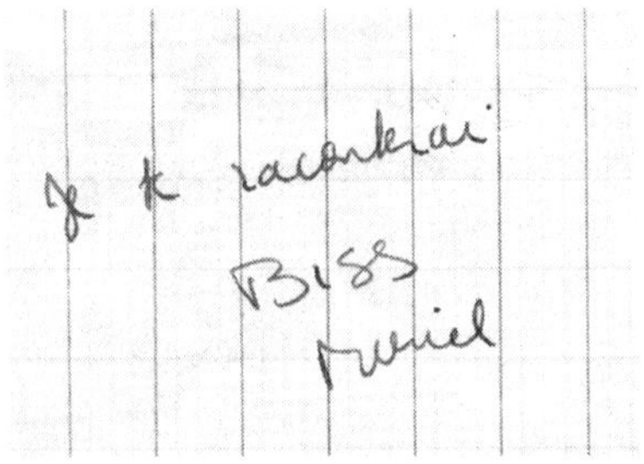

Ich werde dir berichten.
Küsschen
Muriel

Ich habe sie alle aufbewahrt, deine zärtlichen Nachrichten, deine Liebeserklärungen, voller Humor zuweilen, die ich manchmal an meiner Windschutzscheibe fand. Diese etwa, in der du dich als geheimnisvoller Student ausgabst, dessen Name, *Maxime*, auf der Rückseite stand; ich habe es abgeschrieben, weil die Buchstaben kaum noch lesbar sind:

Madame,
ich muss es Ihnen gestehen: ICH LIEBE SIE. Sie sind ein wunderbarer Mensch.

Ein Student.

Oder diese, auf ein Blatt aus einem Schulheft geschrieben:

Bonjour maman!
comment ça va?
Je fais ds courses avec Philippe
et qu'st. ce que je vois?
la voiture de maman!
BISOUX
à tout à l'heure.

Hallo, Mama!
Wie geht's?
Ich mache Einkäufe mit Philippe, und was sehe ich?
Den Wagen von Mama!
KÜSSCHEN
bis später.

Ich habe auch diese kleine Nachricht aufbewahrt, die ich an Stelle des Briefmarkenheftchens, in meinem Portemonnaie gefunden hatte:

Küsschen
Muriel
Verzeih, meine kleine Mama,
dass ich dir 4 Briefmarken gestohlen habe.

Doch sosehr ich auch deine Schrift betrachten kann, ohne zu leiden, so wenig ertrage ich es, deine Stimme, die doch ebenfalls eine Äußerungsform deines Körpers ist, zu hören. Ich habe sie einmal, ohne es zu wollen, gehört (sie war auf einer alten Kassette und drang von weither, wie ein Hintergrundgeräusch, an mein Ohr, aber so lebendig, so sehr du), und ich hatte das Gefühl, dass sie mir buchstäblich das Herz zerreißen könnten, so wie manche Stimmen durch ihre Schwingungen ein Kristallglas zespringen lassen können.
Und da wir gerade von Stimmen reden, du hast mir einmal eine schöne Geschichte erzählt. Eines Morgens hatte

das Telefon geläutet und du hattest abgenommen. Es war eine alte Dame am Apparat, die sich verwählt hatte und sich entschuldigte, dich gestört zu haben; und als du ihr mit deiner üblichen Freundlichkeit erklärtest, das sei nicht schlimm, besann sie sich und sagte zu dir: »Bitte, Mademoiselle, legen Sie nicht auf, Sie haben so eine nette Stimme; sprechen Sie noch ein bisschen mit mir, ich bin so allein.«

Es kam häufig vor, meine Strahlende, dass du so ein wenig Sonne in ein Leben brachtest.

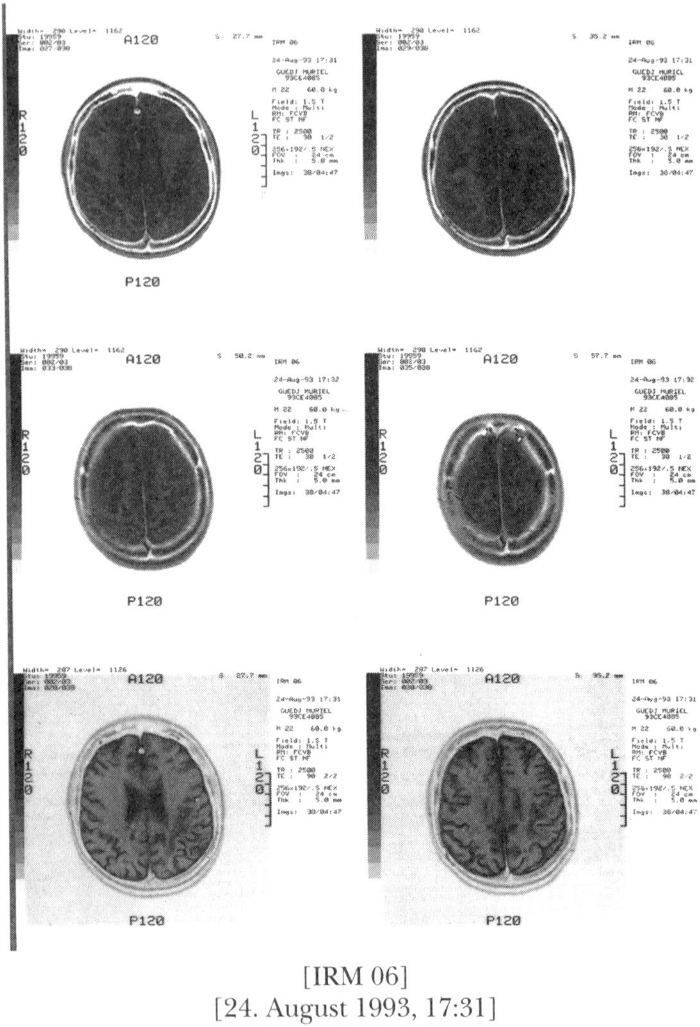

[IRM 06]
[24. August 1993, 17:31]
[Guedj Muriel]

Ich habe auch sämtliche Bilder vom Inneren deines Körpers aufbewahrt. Ich liebe es, mit dem Finger die hellen und dunklen Partien und Konturen deiner Lungen, deiner Leber, deiner Luftröhre, deines Herzens, deines Gewebes nachzufahren. Was mich aber vor allem fasziniert, ist die zarte Vollkommenheit deines Gehirns, dessen verkleinertes und gestochen scharfes Bild mir Dutzende von Aufnahmen zeigen.

Und ich bemerke plötzlich, dass unser Inneres ganz aus Rundungen und Windungen besteht; kann man sich ein quadratisches Herz, dreieckige Lungen oder eine trapezförmige Leber vorstellen?

Man spürt unter dieser dunklen Opazität dessen, was einmal du warst, das Zittern eines Bildes, ungreifbar wie das pochende Herz eines Vogels, der den Atem anhält.

Eines Tages hatte ich das Bedürfnis, das Licht in deinem Zimmer durch deine Augen zu sehen. Ich habe halbstundenweise die Bahn der Sonne gemessen, deren geringste Ablenkungen Tag für Tag, Jahreszeit für Jahreszeit du gewiss kanntest. Und es war ein bisschen, als sähe ich dir erneut beim Schauen zu. Schon um sieben Uhr morgens spaltet die Sonne dein Bett mit einem breiten Ausschnitt, um sich dann auf der Tür niederzulassen, an der immer noch dein Bademantel hängt, und danach auf dem Heizkörper, wo sie zum ersten Mal verweilt. Sie bescheint genau die Stelle, an der du deinen letzten Atemzug getan hast, und lässt in einem feinen Staub die Gegenstände glitzern, die dort kunterbunt durcheinander stehen und liegen, absurd und auch rührend: deine Sammlung von Ohrringen, die an ihrer Stange hängen, ein wenig lächerlich, weil sie so nutzlos geworden sind, aber immer noch lebendig, weil sie deinem Körper so nah geblieben sind; Postkarten, kleine Schmuckkästchen und eines deiner Kultobjekte, ein kleines Männchen, das sich schieflacht und die Aufschrift trägt: »In Bombenform«. Schließlich, gut sichtbar, das Foto deiner Großeltern, Opa und Oma Enghien.

Vor allem deinen Großvater hast du sehr geliebt. Er war auf die schiefe Bahn geraten, da er lieber als Straßenhändler Schmuck verkaufte (bevor er später als Schriftsetzer arbeitete), als sich dem Studium der Kabbala zu widmen. Jeden Sonntag ging er zusammen mit seinen Söhnen, deinem Vater und seinen Brüdern, auf die Dorfmärkte rund um Constantine, um seine funkelnde Ware einer arabischen Kundschaft anzubieten, die sie probierte, während er die Preise in die Höhe trieb. Er öffnete kurz seinen Koffer, mit Luchsaugen die flinken Hände beobachtend, die die Gegenstände wogen, und schloss ihn fast sofort wieder, um die Kauflust anzureizen, aber auch, um zu verhindern, dass er bestohlen wurde. Manchmal ging er in seiner Geschäftstüchtigkeit, die sich mit einer religiösen Ader verband, so weit, diesen glühenden Anhängern Mohammeds kleine Papierstückchen mit hebräischen Aufschriften zu verkaufen, die der Rabbi gesegnet hatte und die den bösen Blick abwenden sollten, woher er auch immer käme.

Du hörtest ihm begeistert zu, wenn er diese Geschichte heftig gestikulierend erzählte.

Eine Stunde später sehe ich die Sonne erneut, wie sie auf dem Nachttisch ein Foto von dir beleuchtet, auf dem du mit angewinkelten Beinen daliegst und mit deiner Hündin spielst, die du häufig deine »Bettlerin« nanntest, wegen ihres sanften Blicks, der ständig um noch mehr Liebe zu betteln schien; dann beginnt sie ihren Bogen und lehnt sich an die Wand, die dir als Kopfende deines Bettes diente, und ich sehe dich wieder, wie du die Augen zusammenkneifst, damit sie dich nicht blendet, aber gleichzeitig willst du nicht, dass die Rollläden heruntergelassen werden: Du wolltest nicht das kleinste bisschen verpassen, meine Gierige, meine Sonnenverschlingerin, wie uns, meine Freundin Françoise und mich, ein Fischer im alten Hafen von Antibes genannt hatte, als er uns dabei ertappte, wie wir mit großen Schlucken die erste Frühlingssonne tranken. In die gleiche Sonne ist dein Zimmer nachmittags getaucht, sie bringt das mit Purpur vermischte Orange der Tagesdecke, das Goldgelb der Wände, das Blau der Fenster zum Leuchten, bevor sie ihren Umlauf auf der gegenüberliegenden Wand beendet. Nicht ohne im Vorbeigehen die blauen Fische auf gelbem Grund liebkost zu haben, die auf dem Bild mit dem Titel »Traum des roten Hundes« zu sehen sind – ein Aquarell, das du aus einem spontanen Impuls heraus gekauft hast, um dein frisch gestrichenes Zimmer zu schmücken. Und in dieser Lichtorgie hat dein Bett den besten Platz und profitiert vom Licht, wo immer es auch ist. Dein Bett: der Lebensmittelpunkt, in dem die Fäden deiner Welt zusammenliefen, der Ort, der während der »Höhen und Tiefen deiner Krankheit«, wie wir es nannten, als Arbeitszimmer, als Esszimmer, als Hörsaal, als Boudoir, als Zimmer zum Weinen, zum Schreien, zum Sterben diente.

Und zum Lieben.

Sprechen wir von deinen Lieben.

Sie haben seit dem Ausbruch deiner Krankheit dein Leben als Frau zwischen zweiundzwanzig und siebenundzwanzig durch eine Reihe von Episoden gegliedert, die sich alle in ihrer traurigen Banalität ähnelten.

Einer deiner Liebhaber, Cédric, hatte dich noch stärker an sich gedrückt, als du ihm sagtest, dass du Aids hast, aber ein paar Monate später hat er deine beste Freundin Renata geheiratet, mit der du ihn bekannt gemacht und die du im Jahr zuvor in Kanada kennen gelernt hattest. Du bist ihr trotzdem nicht böse gewesen, und sie ihrerseits hatte nicht das Gefühl, dich zu verraten, da ihr beide wusstet, dass Cédric so oder so für dich verloren war. Ein anderer, Pierre, hatte auf der Strecke zwischen Aix-en-Provence und Nizza kehrtgemacht, und du hast einen ganzen Tag auf ihn gewartet, bis er dir schließlich telefonisch mitteilte (eine Höflichkeit, die andere nicht besaßen), dass er eine Panne gehabt habe. Eine Panne, die sich endlos in die Länge ziehen sollte, denn du hast nie mehr etwas von ihm gehört. Ein Dritter hatte Handschuhe angezogen, um dich zu streicheln. Ein Vierter, Jérôme, hatte sich ein paar Monate vor deinem Tod auf einer Party leidenschaftlich in dich verliebt. Als du ihm reinen Wein einschenktest, hatte er erklärt, dass die Krankheit nichts an seinen Gefühlen ändere; was ihn an dir auf Grund einer Art Seelenverwandtschaft fasziniert hatte, denn er war schüchtern und zurückhaltend, war »deine Verlorenheit«, deine träumerische Einsamkeit. An jenem Abend warst du strahlend nach Hause gekommen und hattest stolz verkündet: »Siehst du, selbst als Kranke habe ich immer noch Erfolg.« Er hat dich mit zu sich genommen, in ein Haus auf den Hügeln von Nizza, und eines Sonntags hattest du mich sehr früh am Morgen angerufen, ungeduldig, mir in aller Ausführlichkeit (das Glück machte dich immer gesprächig) zu erzählen, wie wunderbar es dort war: »Es würde dir sehr gefallen, meine kleine Mama, im Garten gibt es sogar eine Ziege, und gestern Abend haben wir Stopfleber gegessen.« Als er dich ein paar Wochen später abholen wollte, um mit dir übers Wochenende zu seinen Eltern zu fahren, hast du den ganzen Vormittag auf ihn gewartet, deine Sachen, dein Schminktäschchen und deine Medikamente griffbereit neben dir. Dann hat sich dein vertrauensvolles Warten in hellsichtige Resignation verwandelt. Ich hatte dir damals geraten, ihn anzurufen, um »sicherzugehen, dass ihm nichts passiert ist«, aber mittags hattest du mir mit der für dich so typischen olympischen Ruhe gesagt: »Es ist letztlich doch besser, dass er nicht kommt; ich bin zu erschöpft.« Du hast ihn nie wiedergesehen, und du hast nie eine Erklärung bekommen.

Ich ertappe mich häufig bei dem Gedanken, dass im umgekehrten Fall, wenn du gesund und sie krank gewesen wären, alles ganz anders gelaufen wäre, denn du warst schon in den Unterklassen des Gymnasiums immer die Erste, und manchmal auch die Einzige, die denen zur Seite sprang, die Hilfe brauchten. So warst du etwa in den allerletzten Wochen deines Lebens bereit gewesen, einem Gefangenen, der im Gefängnis von Nizza saß, zu helfen, indem du einen Briefwechsel mit ihm anfingst. Es war dir gelungen, ihn wieder ein wenig hoffnungsfroher zu stimmen. Du hast ihm von den Büchern erzählt, die du gelesen hast, von deinen Plänen, eines Tages Psychoanalytikerin zu werden und wieder zu reisen; ich glaube, du hast ihn ein wenig zum Träumen gebracht … Den letzten Brief, den er von dir bekommen hat, hatte ich nach deinem Diktat geschrieben, denn du warst zu schwach, um einen Stift zu halten. Ihr hattet euch versprochen, euch zu treffen, wenn er entlassen würde, aber du bist ihm ein paar Monate zuvorgekommen.

Ich habe niemals gehört, dass du dich über all diese unglücklichen Erfahrungen beklagt hättest oder vor Selbstmitleid zerflossen wärst. Manchmal jedoch hast du sämtliche Schleusen geöffnet und deinen Tränen freien Lauf gelassen, wie auf dem Rückflug von Martinique, wo du die ganze Zeit über geweint hast. Ich war unfähig, dich zu trösten, alles, was ich tun konnte, war, die Rollen umzukehren, indem ich mich an dich schmiegte, als wäre ich dein Kind, und ich erinnere mich, dass mir ein Wort nicht aus dem Kopf ging, *lamantin,* obwohl es nichts mit dem Verb *se lamenter,* »wehklagen«, zu tun hat (es bezeichnet die Seekuh). Später in Cádiz, wo wir 1992 hingefahren waren, um uns die Weltausstellung anzuschauen, sehe ich dich noch in diesem Hotelzimmer, das aufs Meer hinausging. Du musstest allein mit der Gewissheit fertigwerden, dass der schöne Manolo, der dir so sehr gefiel, sein Herz schon seit langem vergeben hatte; und als du meine Verwirrung angesichts deiner ungehemmt fließenden Tränen sahst, hattest du mir leiderfahren, und damit auch ich mir ein Beispiel daran nähme, erklärt, dass die Tränen eine ganz heilsame Reaktion seien. Dennoch war es furchtbar, keinen Einfluss auf deinen Kummer zu haben, zu spüren, dass du in deiner Verzweiflung so unzugänglich warst. Und ich fand es so ungerecht, dass du abgesehen von dem Leiden, das mit deiner Krankheit verbunden war, auch noch all diesen Liebeskummer ertragen musstest. Bis es mir endlich gelang, mich zu überzeugen, dass ebenso, wie die Freude zum Leben gehört, auch dieses Leiden dich mit der Welt der Lebenden verband und dass du in dieser Hinsicht genauso lebendig warst wie alle anderen. Außerdem entgingst du auf diese Weise dem Mitleid, diesem furchtbaren Komparsen.

Bei Vincent, dem letzten deiner Liebhaber, der je nach Situation mal fester Freund, mal guter Kumpel war, war es undenkbar, dass er dich enttäuschen könnte. Er war nicht nur seit Ewigkeiten dein Freund, er war auch bisexuell mit einer Vorliebe für Frauen; und schließlich war er ein aktives Mitglied von ACT UP*. Lauter Pluspunkte, die ihn unweigerlich gegen die Angst vor der Krankheit schützen mussten – allerdings nicht gegen die Perversität. Er hatte es sich zum Prinzip gemacht, deine Krankheit nicht weiter zu beachten und dich mit der Energie eines munteren, gesunden jungen Mannes zu einer bequemen Revolte oder zu einem handfesten Epikureismus zu ermuntern: »Nutze dein Leben, denn du hast nicht mehr lange.« Eines Tages hattest du ihm erwidert: »Und du glaubst wohl, dir kann der Tod nichts anhaben!«

Seine Art, dir seine Freundschaft zu beweisen, bestand darin, dir deine »Passivität« vorzuwerfen mit dem Argument, dass »das Schweigen der Tod ist«. Als 1992 der Prozess um das verseuchte Blut lief, hatte er dir vorgeworfen, dass du die Angelegenheit so gleichgültig verfolgtest. Du wusstest sehr gut, dass sie alle Elemente für einen Skandal (das Wort ist mittlerweile so abgedroschen) enthielt, Sorglosigkeit und Fahrlässigkeit, Egoismus und zynische Profitsucht, ganz zu schweigen von der unglaublichen Dummheit des gallischen Chauvinismus. Aber dir stand

* AIDS Coalition to Unleash Power, eine internationale Organisation zur Bekämpfung von Aids und der damit verbundenen Diskriminierung. (Anm. d. Ü.)

der Sinn beileibe nicht nach einem Kreuzzug, du wolltest dir deine Kräfte bewahren, indem du sie für andere als polemische Zwecke einsetztest, denn du wusstest, wie lebenswichtig es für dich war *durchzuhalten.* Du hattest nicht resigniert, weiß Gott nicht. Aber ohne auch nur das Bedürfnis zu haben, dich zu »rechtfertigen«, hast du, weit entfernt davon, großes Aufhebens zu machen oder deine Wut auszuagieren, das Bild einer heiteren Gelassenheit vermittelt, die du nicht durch eine niedergeschlagene oder sublimierte Revolte erworben hattest, sondern die die *absolute Gewalt* in sich trug, diejenige deines zerstörten Lebens.

Kurz, Vincent behandelte dich mit all der Rücksichtslosigkeit, die man den Gesunden gegenüber an den Tag legt. Er weigerte sich, sich dem Rhythmus zu unterwerfen, den deine Krankheit dir aufzwang, er nahm keine Rücksicht auf die Momente, in denen deine Erschöpfung am größten war (in der Regel hatte er gerade dann Zeit für dich); er hatte dir sogar seine neue Freundin vorgestellt, und du hattest ganz treuherzig angesichts seines Verrats gesagt: »Im Grunde verliere ich keinen Liebhaber, sondern gewinne eine neue Freundin.« Er hat auch nicht auf deine Anrufe geantwortet, als du schon im Sterben lagst. Und selbst der schwarze Pullover und der Goldring, den er bei uns vergessen hatte – und die ich sorgsam aufbewahrte, weil ich mir sagte, irgendwann werde er sie schon abholen –, haben an seinem plötzlichen Verschwinden von den Radarschirmen deines Lebens nichts geändert.

Er soll später, als er von deinem Tod erfuhr, sehr geweint haben.

Und Jean, vielleicht der Einzige, der dir nicht wehgetan hat, hat sich leidenschaftlich in dich verliebt, als du schon dem Tode nahe warst.

Ich habe mir sagen lassen, dass er seiner Liebe auch über den Tod hinaus treu geblieben ist.

Weil ich den Eindruck hatte, dass du in deinem Zustand nicht den Richtigen würdest finden können, habe ich mir eine List ausgedacht: Da deine Krankheit den gesunden Menschen Angst machte, müsste man eigentlich nur einen Freund für dich finden, der selbst krank, allerdings nicht zu krank ist. Ich gab daher, ohne zu Hause davon zu erzählen, eine Kleinanzeige in der *Libération* auf, der Zeitung, die mir zu garantieren schien, dass dein künftiger Freier über die entsprechenden Qualitäten verfügte: Er müsste vorurteilsfrei sein, das heißt vollkommen tabulos mit der Krankheit umgehen können, und er müsste selbstsicher, nonkonformistisch und intelligent sein sowie obendrein die vernünftigen politischen Ansichten eines Nachachtundsechzigers haben. Eine Art Ideal also.

Ich hütete mich, über meine heimlichen Machenschaften zu sprechen, um dich erst ins Bild zu setzen, wenn der Zeitpunkt gekommen wäre, das heißt, wenn ich die Spreu vom Weizen getrennt hätte. Da die Aktion also diskret über die Bühne gehen musste, hatte ich Christine, eine Freundin, gebeten, mir ihren Briefkasten zur Verfügung zu stellen; sie hatte sich bereit erklärt, der Zeitung ihren Namen und ihre Adresse zu geben, und ließ mir die eingehende wertvolle Post jeweils in einem neutralen Umschlag zukommen. Manchmal, wenn ich es vor Ungeduld nicht aushielt, holte ich sie auch bei ihr ab.

Die Antworten ließen nicht lange auf sich warten, und ich hatte die Qual der Wahl.

Da waren zunächst die Antworten von Leuten, die beschlossen hatten, die Bedingungen, die ich gestellt hatte, zu ignorieren, und die zwei entscheidende Nachteile aufwiesen: Sie waren nicht nur gesund, sie überschritten zudem die Altersgrenze. Manche kamen schlechterdings nicht in Frage, wie dieser Lehrer für autogenes Training, der eine zehn Meter lange Segelyacht besaß und dir nicht anbot, mit dir zu leben, sondern vorschlug, dich Entspannungs- und Meditationstechniken zu lehren, die die Widerstandskraft stärken sollten. Andere trugen ihr haltloses Herz in der Schlinge und suchten eine verwandte Seele, mochte sie auch etwas beschädigt sein; wieder andere wollten sich jemandem widmen, der schwächer war als sie; alle wollten dir jedenfalls die Hand reichen, dass du Aids hattest, war ihnen gleichgültig, theoretisch zumindest: Gefangen in einer Einsamkeit, die an ihnen zu kleben schien und über die sie mit einer von gut gemeinten Gefühlen durchdrungenen Begeisterung hinwegzutäuschen versuchten, hatten sie, wie sie behaupteten, keine Angst vor der Krankheit; sie schien für sie sogar einen gewissen Charme zu besitzen, der, glaube ich, von der Gefahr herrührte, die auf geheimnisvolle Weise von ihr ausging, und zugleich von deiner Verletzlichkeit, die zwischen meinen Worten so deutlich spürbar war. Außerdem sind wir, wie einer von ihnen mit entwaffnendem Scharfsinn schrieb, alle (oder fast alle) potenzielle Opfer irgendeiner Krankheit.

In diesem ersten Stapel war der Brief eines merkwürdigen Herrn um die Dreißig, in dem es von stilistischen Fehlern nur so wimmelte, was mich in Anbetracht meiner Kriterien hellhörig hätte machen müssen. Doch anstatt meinen puristischen Instinkten zu folgen, hörte ich nicht auf meine Zweifel und sagte mir, dass der Inhalt des Briefes eine nähere Prüfung verdiene; ich beruhigte mich damit, dass ich mir, in bewusster Verkennung der Tatsachen, einredete, es handele sich möglicherweise um einen Ausländer, der eben kein gutes Französisch schreiben könne.

Dieser Herr erklärte, dass er über alle nötigen Qualitäten verfüge, um ein guter Lebensgefährte zu sein: Er habe einen schönen Beruf, Landschaftsgestalter, er liebe die Natur und übe drei Sportarten aus: Gleitschirmfliegen, Segelfliegen und Drachenfliegen; außerdem verdiene er gut, wobei er die phantastische Summe von achtunddreißigtausend Francs im Monat nannte. Und sein größter Trumpf war schließlich, dass er in einem kleinen Dorf in der Provence unweit von Nizza wohnte.

Ich beschloss daher, hinzufahren und mit eigenen Augen die Richtigkeit der Auskünfte zu überprüfen, bevor ich dir diesen Kandidaten vorstellen würde. Ich machte mich also eines Samstagmorgens auf den Weg, ich hatte Rivka mitgenommen, die ununterbrochen bellte vor Freude, und erreichte das Dorf mittags bei leichtem Nieselregen. Mit wertvollen Hinweisen versehen, suchte ich das Haus, das dem Brief zufolge etwas abgeschieden lag, was in meinen Augen kein Nachteil war. Doch ich kurvte vergeblich in der Gegend herum, ich konnte keine Behausung finden, die der Beschreibung, die ich erhalten hatte, entsprochen hätte. Natürlich hatte ich die mehr oder weniger verlassenen Bruchbuden, die auf meinem Weg lagen, nicht weiter beachtet; in einer von ihnen wohnte ein langhaariger und unwirscher Mann, der zeterte, als ich vorbeifuhr. Nachdem ich eine gute halbe Stunde herumgeirrt war, ohne einer Menschenseele begegnet zu sein, beschloss ich, zum Dorfplatz zurückzukehren, um die Einheimischen zu befragen. Ich trat in ein Café, wo ich von einem Grüppchen schon recht angeheiterter Dorfbewohner empfangen wurde, die am Tresen vor dem soundsovielten kaum mit Wasser verdünnten Pastis lautstark diskutierten. Ririf, die du Rivka nanntest, und ich wurden mit großem Hallo begrüßt.

Ich sei, erklärte ich ihnen, auf der Suche nach einem Landschaftsgestalter, der hier im Dorf wohne. Erstaunen bei den einen, Ratlosigkeit bei den anderen und Beachtung von allen, den alle wollten mir helfen. »Ein Landschaftsgestalter hier, kennst du da einen?« – »Nein. Ach ja doch! Vielleicht ist das dieser Pariser, der jeden Sommer kommt, um Aquarelle zu malen. Oder der, der mit seiner Familie kommt, aber der malt nicht.« Ich erkläre, dass es sich nicht um einen Maler handele, auch nicht um einen Touristen oder Familienvater, sondern um jemanden aus der Gegend und Junggesellen, der hier arbeite. »Ein Landschaftsgestalter, sind Sie sicher, dass es so was hier gibt?«, fragten sie mich ungläubig; und jedes Mal, wenn das Verhör ergebnislos verlief und eine Spur aufgegeben werden musste, begleiteten sie die Ermittlung mit einer neuen Runde Pastis auf Kosten des Hauses.

»Wie sieht er denn aus, Ihr Landschaftsgestalter?« Ich

antworte, alles, was ich von ihm wisse, sei, dass er jung sei, und mir fällt nichts anderes ein, als dass er die Natur liebe. »Was ist das eigentlich, ein Landschaftsgestalter«, fragt man mich, »und warum suchen Sie so was bei uns?« Ich erfinde, mehr schlecht als recht, eine völlig unglaubwürdige Geschichte: »Ich interessiere mich für die bedrohten Berufe, und da der des Landschaftsgestalters, der darin besteht, Grünanlagen zu gestalten, auszusterben droht, möchte ich diejenigen interviewen, die das Glück haben, ihn noch ausüben zu können. Ich habe gehört, dass es hier einen geben soll.« Worauf man mir erwidert: »Wir kennen niemanden hier im Dorf und auch nicht in der Umgebung, der da in Frage käme.« Dann, nach kurzem Zögern: »Warten Sie, da gibt es einen Wilderer, der das Gestrüpp entfernt, der lebt tatsächlich in den Wäldern«, sagen sie voller Häme. »Er ist gerade aus dem Gefängnis gekommen, wo er ein paar Monate wegen Drogenhandels verbracht hat, und wenn Sie bei ihm vorbeikommen, beschimpft er Sie und bedroht Sie mit dem Gewehr. Das ist sicher nicht der Mann, den Sie suchen«, und sie lachen laut und ordinär, bevor ich mich vor ihren sarkastischen Bemerkungen in Sicherheit bringen kann.

Da mir schließlich klar wurde, dass keiner der Konkurrenten im Stapel der Gesunden in Frage kam, beschloss ich, mir den Stapel derer näher anzusehen, die schlechtere Startchancen hatten, was diesmal zu einer unerbittlichen Auslese führte. Ein paar sorgfältig ausgesuchte Kandidaten blieben also im Rennen, deren Bekanntschaft du schon bald machen solltest. Da war der, der stinkenden Käse, die Rolling Stones und Zärtlichkeit liebte, aber vergessen hatte, dir zu sagen, dass er mit einer eifersüchtigen jungen Frau, die er immer noch liebte, verheiratet war und zwei kleine Kinder hatte. Als er dich zu Hause besuchte, sprach er nur von seiner Ehe, die an der Krankheit und der Angst zerbrochen war, und die einzige Daseinsberechtigung, die du für ihn hattest, war, dass du ihm zuhören konntest, wie er laut mit sich selbst sprach. Da gab es den, der über eine unglückliche Liebe zu einer jungen Frau nicht hinwegkam, die er durch eine Kleinanzeige (in derselben Zeitung) kennen gelernt hatte, und der sich fragte, ob er den Mut haben würde, es noch einmal zu versuchen. Da gab es den, der dir gesagt hatte, dass du ihm gut gefielest, dass er HIV-positiv sei, aber dass er sich an dem Tag, an dem die Krankheit ausbrechen würde, vom Leben zurückziehen würde, um niemandem zur Last zu fallen und ruhig sterben zu können. So, wie es sich anhörte, scheint es nicht mehr lange gedauert zu haben.

Und da gab es auch den, der zugab, dass er bisexuell sei, und mit dem du dich in Paris, in der Brasserie Lipp getroffen hast. Ich hatte diesen Ort nicht nur aus Prestigegründen gewählt, sondern auch wegen seiner Lage. Denn ich konnte die Entwicklung der Dinge aus der Nähe beobachten, vom ersten Stock des Café de Flore aus, wo ich mich postiert hatte, bereit, sofort einzugreifen, falls es nötig sein sollte. Die Begegnung verlief gut, ihr schient euch ruhig und harmonisch zu unterhalten, als handele es sich um eine ernste Angelegenheit; er hätte dich gern wiedergesehen, aber du hast ihm freundlich einen Korb gegeben, als dir klar wurde, dass das, was er als seine Bisexualität bezeichnete, nur der Reue eines gequälten Homosexuellen entsprang, der verzweifelt versuchte, mit deiner Hilfe den Kummer wieder gutzumachen, den er seiner Mutter bereitet hatte.

Ich habe dir von all deinen Bewerbern, meine Penelope, erst erzählt ein paar Wochen, nachdem ich grob, zumindest glaubte ich es, das Gute vom Schlechten, das Wahre vom Falschen, das Brauchbare vom Unbrauchbaren getrennt hatte. Ich hatte dir ein paar Tage, bevor ich dir alles enthüllen wollte, eine große Überraschung angekündigt, damit wir uns vorbereiten konnten, du, die Enthüllungen anzuhören, und ich, sie zu formulieren. Während dieser ganzen Zeit hattest du mich bedrängt, die Katze aus dem Sack zu lassen, aber ich ließ dich zappeln, indem ich das Geheimnis hartnäckig hütete und deine Begierde schürte, wobei ich unaufhörlich die Freude vorwegnahm, die du empfinden würdest. Du wurdest Tag für Tag neugieriger und versuchtest mir die Würmer aus der Nase zu ziehen, indem du falsche Behauptungen in den Raum stelltest, um die Wahrheit herauszubekommen, und so aussondertest, was nicht in Frage kam. Du hast mich sogar erpresst: »Ich nehme meine Medikamente nicht mehr, wenn du's mir nicht sagst.« Was völlig umsonst war. Ich schwieg wie ein Grab.

Auf diese Weise hatte ich dich eine ganze Woche lang in Atem gehalten, und es wäre mir natürlich nicht im Traum eingefallen, dass meine Enthüllung dich auch nur im Geringsten irritieren oder verstimmen könnte, so sehr schien diese List mir eine Möglichkeit zu sein, deiner Einsamkeit ein Ende zu bereiten, die, so scheint es mir jetzt aus dem zeitlichen Abstand, für mich unerträglicher geworden war als für dich, und so intensiv auch erlebte ich dieses Abenteuer, zu dem ich mich selbst bevollmächtigt hatte, eine Vollmacht, die ich mir ausgestellt hatte, in dem Vertrauen, dass dies mein gutes Recht sei, ganz vergessend, dass ich dich nicht nur nicht um deine Erlaubnis gebeten hatte, sondern dass du sie mir auch nicht gegeben hattest.

Es war ein Samstagnachmittag im Juni 1991, mild und strahlend; wir hatten uns am Rand des Swimmingpools verabredet, mein Herz pochte wie wild vor Angst, als ich ankam, trotz meines triumphierenden Gesichtsausdrucks; unter dem Arm trug ich einen riesigen Umschlag, der alle Briefe enthielt, die dir geschickt worden waren und über die ich dir jetzt Rechenschaft ablegen musste. Es waren Worte von Schiffbrüchigen, denen es gelungen war, ihre Angst zu besiegen, und die mit genau der verzweifelten Hoffnung und mit genau dem leidenschaftlichen Überlebenswillen geantwortet hatten, die ich in ihnen geweckt hatte – so, wie man eine Flasche ins Meer wirft.

Ich erklärte dir in aller Eile, dass *du* eine große Zahl von Briefen erhalten hättest, und begann sie dir auf der Stelle vorzulesen. Du warst vollkommen sprachlos, als du all diese Liebesworte hörtest, die da für dich vom Himmel fielen. Du hast mir die Briefe aus der Hand gerissen, damit dir auch ja nichts entging, unfähig zu verstehen, was dir da widerfuhr. Und dann sprudelten die Fragen aus dir heraus: »Was sind das für Briefe? Warum sind sie an mich gerichtet? Ich habe doch niemandem geschrieben.« Nach und nach erklärte ich dir, womit ich hätte beginnen müssen, anstatt dir diese Antworten auf Fragen an den Kopf zu werfen, die du nicht gestellt hattest: dass ich an deiner Stelle und in deinem Namen eine Kleinanzeige aufgesetzt und dir damit diese lästige Schreibmühe abgenommen hatte, damit du, wenn es so weit wäre, nur noch die Früchte zu ernten bräuchtest. Du wusstest nicht mehr, wo du warst oder wer du warst, denn die Worte dieser Briefe, sagtest du mir, richteten sich nicht an dich, sondern an mich. Ich antwortete dir, dass ich geschrieben hätte, als wäre ich du, und dass ich also du wäre. Du wusstest nicht mehr so recht, wer du warst, ob du du oder ich warst.

Nachdem wir uns wieder beruhigt hatten, sprachen wir über den Kern des Problems: War es besser, sich aus der Welt der Gesunden auszuschließen und mit den anderen ein relativ geschütztes Leben zu leben, in dem das Eingeständnis der Krankheit nicht mehr notwendig war? Oder sollte man sich unter sie mischen und so tun, als sei die Krankheit ein unterscheidendes, aber kein diskriminierendes Zeichen, so wie man blaue Augen hat oder einen Meter siebzig misst?

Wir sind zu keinem Ergebnis gekommen. In beiden Fällen hatte die Erfahrung gezeigt, dass du stets auf der Verliererseite standest.

Ein paar Tage nach meinem Geständnis nahmst du meine Kleinanzeige, um daraus eine Collage zu machen, die ich hier abdrucke, nicht ohne mir das Bild eines schelmischen Kindes ins Gedächtnis zurückzurufen, das sich damit amüsierte, mit dicken Buchstaben und Stiften in allen Farben die Angst seiner Mutter zu verspotten, um sich von seiner eigenen zu befreien.

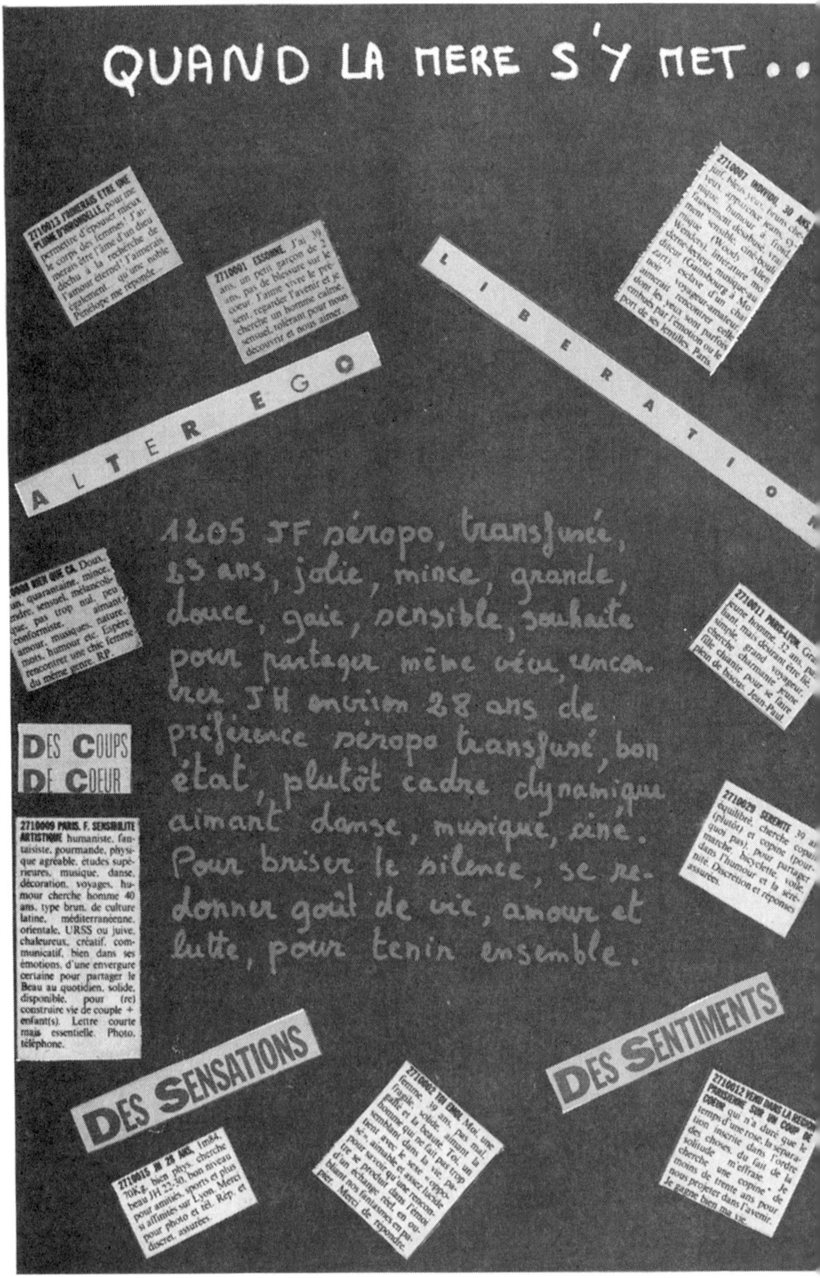
QUAND LA MERE S'Y MET...
ALTER EGO
LIBERATION
1205 JF séropo, transfusée, 23 ans, jolie, mince, grande, douce, gaie, sensible, souhaite pour partager même vécu, rencontrer JH environ 28 ans de préférence séropo transfusé, bon état, plutôt cadre dynamique aimant danse, musique, ciné. Pour briser le silence, se redonner goût de vie, amour et lutte, pour tenir ensemble.
DES COUPS DE CŒUR
2710009 PARIS. F. SENSIBILITE ARTISTIQUE humaniste, fantaisiste, gourmande, physique agréable, études supérieures, musique, danse, décoration, voyages, humour cherche homme 40 ans, type brun, de culture latine, méditerranéenne, orientale, URSS ou juive, chaleureux, créatif, communicatif, bien dans ses émotions, d'une envergure certaine pour partager le Beau au quotidien, solide, disponible, pour (re) construire vie de couple + enfant(s). Lettre courte mais essentielle. Photo, téléphone.
DES SENSATIONS
DES SENTIMENTS

Wenn die Mutter die Sache in die Hand nimmt …

1205, junge Frau, HIV-positiv (nach Bluttransfusion), 23 Jahre, hübsch, schlank, groß, sanftmütig, fröhlich, sensibel, wünscht sich Begegnung mit jungem Mann, der ihre Erfahrung teilt, etwa 28 Jahre, vorzugsweise HIV-positiv nach Transfusion, bei guter körperlicher Verfassung, eher dynamischer Typ, der gerne tanzt, Musik und Kino mag. Um das Schweigen zu brechen, sich gegenseitig die Freude am Leben, an der Liebe und am Kampf zurückzugeben, kurz, um zusammenzuhalten.

Es ist unglaublich, was du für Post bekommst, seit du tot bist, und ich spreche nicht von den Kontoauszügen oder von alten Honorarabrechnungen des Krankenhauses, sondern von den Werbesendungen, die an dich persönlich adressiert sind (ich kann ihnen noch so sehr immer wieder mitteilen, dass dein Abonnement inzwischen gekündigt wurde, es nützt alles nichts, der Computer ist programmiert, dir bis in alle Ewigkeit Prospekte zu schicken). Hier also eine Auswahl einiger an dich persönlich adressierter, besonders verlockender Angebote, die dir regelmäßig gemacht werden und die ich wörtlich und, so gut es geht, im Originallayout wiedergebe:

»Les Trois Suisses: Für Sie, Mlle Guedj, – 50 %, der maximale Preisnachlass, und zusätzlich ein Überraschungsgeschenk – 30 % auf Ihren Lieblingsartikel.

Um schneller beliefert zu werden, machen Sie ein Kreuz in das Kästchen Ihrer Wahl.«

Oder:

»Noch schneller als der Weihnachtsmann hat La Redoute ihre Geschenke vorbereitet. Entdecken Sie die Ihren, Mlle Guedj. Unsere ganz besondere Lieblingskundin.

La Redoute kleidet Ihre Tage und Ihre Nächte. Die Geschäftsleitung hat beschlossen, Ihnen als Geschenk ein Satinneglígé zu offerieren, und verpflichtet sich, es Ihnen kostenlos mit Ihrer Bestellung zuzuschicken.«

Und hier schließlich die Krönung:

»*Achtung. Wenn ich nach diesem Angebot nichts von Ihnen höre, kann ich Ihnen unseren nächsten Katalog leider nicht mehr zuschicken.«*

Wenn ihr als kleine Kinder allzu wild wart, drohte ich euch mit diesem Satz von hohem erzieherischem Wert, obwohl wir doch die liberalen Erziehungsgrundsätze des Doktor Spock verinnerlicht hatten: »Wenn ihr nicht brav seid, stecke ich euch ins Krankenhaus.«

Kein Zweifel, Muriel, du hast keine Mühe gehabt, mich beim Wort zu nehmen.

Das Krankenhaus kannte dich gut: das Krankenhaus am Tag, das Krankenhaus in der Nacht, das Krankenhaus, wo man in die Sprechstunde geht, das Krankenhaus, wo man sich eine Weile aufhält. Und immer, wenn du dort ein paar Tage bleiben musstest, brachen wir den Bann mit einer rituellen Geste, die in unserer Familie seit Ewigkeiten gebräuchlich ist: Wir verschütteten Wasser hinter der Person, in der Regel, wenn diese auf Reisen ging, um uns zu vergewissern, dass sie gesund zurückkam. Die einzige Bedingung war, dass der- oder diejenige sich nicht umdrehen durfte. Folgsam, wie du warst, hast du dich nie umgedreht, meine Eurydike, auch nicht, als du das allerletzte Mal ins Krankenhaus gingst. Es war also kein Wunder, dass du nach Hause zurückkehrtest, wenn auch, um dort zu sterben.

Ich habe lange geglaubt, dass uns, sobald wir die Schwelle des Krankenhauses überschritten haben, nichts mehr passieren kann, dass die Krankheit innerhalb der Mauern dieses Niemandslandes des Elends und des Leidens einfach augenblicklich neutralisiert werden musste. Der Gedanke, dort Zuflucht zu suchen, war ein eher angenehmer Gedanke für mich, und ich glaube sogar, dass die mit der Erinnerung an meine Entbindungen verbundene Freude durchaus etwas mit der Natur des Ortes zu tun hat, an dem sie stattgefunden haben. Ich habe in diesem Raum, der wie ein Freund war, immer eine sehr alte geheime Komplizenschaft wiederentdeckt, die mehr in der Einbildung bestand, als dass sie wirklich vorhanden gewesen wäre, eine angenehme Sicherheit, gesponnen aus gedämpften Geräuschen, leichter Trunkenheit, einschläfernden, eine unbestimmte Übelkeit verursachenden Gerüchen.

Hôpital/hôtel, zwei Wörter, die eine gemeinsame lateinische Wurzel haben, *hospitalem*, abgeleitet von *hostem*, was »Gast« bedeutet, und sie sind im Konvoi in der Sprache gesegelt: Das Wort *hôtel* ist das Ergebnis phonetischer Reisen vom lateinischen Wort aus, ebenso *hôpital*. Eine merkwürdige sprachliche und architektonische Verwandtschaft, die seit meiner frühen Kindheit meine geistige Landschaft strukturiert. Das Hotel, das so häufig in meinen Träumen herumspukt, ist das meiner Großmutter in Tiaret (die uns hundert Sous gab, die sie mühsam aus ihrer Registrierkasse nahm, wobei sie uns ermahnte: »Sagt eurem Vater nichts davon, er würde nur mit mir schimpfen«). Das Hotel, in dem eine bunte, kosmopolitische Gästeschar verkehrte, war der obligatorische Übernachtungsort für die Handelsreisenden, die in den Süden des Landes unterwegs waren. Sie stiegen lieber dort ab als im Grand Hôtel d'Orient, das eine feinere Klientel anzog, die in der Regel wegen edlerer Geschäfte dort logierte: Die Gestüte von Tiaret waren berühmt für ihre Vollblüter, die der Stolz der Stadt waren, und man kam von weit her zur *Jumenterie*, um im wahrsten Sinne des Wortes den Pferdehändlern um den Bart zu streichen. Das Haus hatte nichts von einem Grand Hotel, aber in meiner Erinnerung war es riesig, mit langen Gängen, die auf beiden Seiten von Türen durchbrochen wurden, die sich auf die dahinter liegenden Zimmer öffneten, und mit großen viereckigen Hallen, gleichsam weiträumigen Schlafsälen, die tagsüber vollkommen leer waren, nachts aber dazu dienten, den spät eintreffenden Reisenden aus der Verlegenheit zu helfen. Im Grand Hôtel de la Poste war man im Allgemeinen großzügig und nahm mehr Leute auf, als Platz hatten. Die Europäer wurden oben untergebracht; die Araber wurden so, wie sie ankamen, in den großen Saal unten gepfercht, wo sie mit ihren Tragekörben, ihrem Geflügel, ihren Lumpen nebeneinander auf der Erde lagen. Am nächsten Morgen brachen sie sehr früh wieder auf, und diejenigen, die weit von der Tür entfernt gelegen hatten, brauchten nur über die Körper hinwegzusteigen.

Das Krankenhaus war in meiner Erinnerung, vielleicht wegen seiner Nähe zum Hotel meiner Großmutter, auf wundersame Weise seines verkommenen Aussehens entkleidet (man sollte die reinigende Funktion des Gedächtnisses nicht unterschätzen) und war schließlich nur noch der symbolische Durchgangsort, der Sicherheit und Leichtigkeit miteinander verbindet. An beiden Orten wird man, zumindest theoretisch, als Gast betrachtet;

die Wörter sprechen Bände, was die Gastlichkeit des Ortes betrifft: »Empfang« im Krankenhaus, »Rezeption« im Hotel; und diesbezüglich genießt man den doppelten Vorteil, dass nicht nur für einen gesorgt wird, sondern dass man auch vom Gewicht des Schlüsselbundes befreit wird, der der Klotz am Bein des Sesshaften schlechthin ist.

Viel später habe ich jedoch den Gedanken akzeptieren müssen, dass das Krankenhaus ganz und gar nicht dieser geschützte Ort ist, wo man sich fallen lassen und sich denen anvertrauen konnte, die sich der Seele und des Körpers annehmen. Ich habe gelernt, dass man dort nicht immer seine Gesundheit wiedererlangt (»Wir sind weder Götter noch Zauberer, wir sind Menschen«), sondern dass man sich dort auch den Tod holen oder das Leben lassen kann. Und obendrein seine Würde. Bevor man sich dort behandeln lässt, müsste man sich neue Verteidigungsstrategien zurechtlegen, um der lähmenden Verwaltungshierarchie gewachsen zu sein, der Gleichgültigkeit, die häufig über die Freundlichkeit und die Menschlichkeit eines überforderten Personals siegt, dem mangelhaften psychologischen Einfühlungsvermögen mancher Psychologen, dem Gleichmut der Assistenzärzte, die frisch von der Uni kommen und an den Patienten üben, und der herablassenden Überheblichkeit der Chefärzte, die weniger die Macht zu heilen besitzen, als vielmehr die Macht schlechthin gepachtet haben. Vor allem die, einen zu verachten und zu demütigen, sobald man ihnen nicht mehr blind vertraut, sondern wagt, ihnen Fragen zu stellen, deren Unangebrachtheit nur zu deutlich ist, da sie gewöhnlich den Körper aus einem zu engen Blickwinkel betrachten: Verdauung, Stuhlgang, Wasserlassen, Schmerz …

Man müsste sich auch gegen die Angst wappnen, die die Ärzte selbst haben, und ihre Beklommenheit unheilbar Kranken gegenüber.

»Das Krankenhaus, das auf die Nächstenliebe pfeift«, pflegte meine Großmutter zu sagen, die wusste, wovon sie sprach.

Gewiss, es ist mir gelungen, einige dieser Türen einzurennen, und das ist zu einem guten Teil dir zu verdanken; und sei es nur, weil du die ideale Patientin warst, so sanft, so freundlich, interessiert an denen, die dich umgaben und umsorgten, und weil niemand sich dir nähern konnte, ohne dich gern zu haben. Und du hast es ihnen reichlich vergolten. Hundertmal haben wir die gleiche Szene durchexerziert: Ich, die nervende Mutter, stets bereit, die Sperren zu durchbrechen, damit wir nicht zu lange warten mussten, und bereit, Tricks anzuwenden, um dem Arzt die lächerlichen Informationen abzuringen, die wir benötigten und mit denen er so geizte, so sehr stahlen wir ihm die Zeit: Kann sie Fleisch essen, Austern, kann sie in die Sonne gehen, baden? Und du, stets bestrebt, die Wogen zu glätten, indem du einen verständnisinnigen Blick mit dem Arzt austauschtest, der Bände sprach hinsichtlich der Belanglosigkeit der Fragen, die deine Mutter stellte (und gewöhnlich kannten wir ja die Antworten), indem du die Privilegien ablehntest, zu denen deine extreme Erschöpfung dir verhalf, zu Recht vorgabst, dass du keinerlei bevorzugte Behandlung verdientest, denn darauf hätten alle ein Anrecht, und schließlich sagtest, in der Hoffnung, ich würde endlich aufgeben:

»Mama, merkst du denn nicht, dass du dich lächerlich machst?« Und ich antwortete dir entschieden: »Lächerlichkeit tötet nicht, meine Tochter« und verschluckte den Rest des Satzes: »Aids aber schon.« Als könnte ich, indem ich mich lächerlich machte, deine Heilung erkaufen.

Ich hatte oft, wenn du krank warst und ich mich mit praktischen Schwierigkeiten aller Art herumschlagen musste, gedacht, dass es nützlich wäre, die anderen von meinen Erfahrungen profitieren zu lassen. Ich dachte, ich hätte für sie eine Art *Aids, ein Leitfaden,* schreiben sollen. Darin wäre die Rede davon gewesen, wie man mit den Ärzten, mit den Psychologen, mit der Krankheit, mit den Nahrungsmitteln, mit dem Kranken, mit den anderen, mit dem Tod umzugehen hat.

Meine absolute Gleichgültigkeit gegenüber der Lächerlichkeit hatte uns übrigens sehr oft unbeschreibliche Lachkrämpfe beschert, im Wartezimmer beispielsweise, wo wir stundenlang warten mussten, bevor der Arzt uns holte. (Es war wie auf den indischen Bahnhöfen, die du nie kennen lernen solltest, wir warteten auf den Zug, der häufig drei bis vier Stunden Verspätung hatte und, wenn er endlich kam, kaum eine Minute hielt; einmal hatte ich kaum genügend Zeit zum Einsteigen gehabt.) Du hast immer alles mitgenommen, was du zum Arbeiten brauchtest, und während du deinen Stoff wiederholt hast, hast du deinen Mantel, deine Tasche, deine Jacke und die übrigen Skripten auf meinen Knien deponiert; wenn wir dann an der Reihe waren und der Arzt hereinstürmte und »Muriel« rief, hast du mich einfach stehen lassen und bist ihm blitzschnell gefolgt, immer in der Angst, ihn warten zu lassen (du lebtest in der ständigen Furcht, dass die anderen auf dich warten müssten); ich hatte kaum Zeit, all deine Sachen zusammenzusammeln, so rasch warst du im Sprechzimmer verschwunden. Wenn du mich dann mit geraumer Verspätung (das Gespräch hatte bereits begonnen) eintreten sahst, außer Atem und beladen wie ein Packesel, hast du gelacht und mir ins Ohr geflüstert »meine Kamel-Mama«, was immerhin netter war, als ein Esel zu sein.

Du mochtest diesen Arzt, Jill-Patrice. Du hattest ihm sogar zwei Comics gewidmet, einen, wo du ihn als Zauberkünstler dargestellt hast, der mit seinem Zauberstab kleine Schachteln hervorzauberte, die die Macht hatten, dein Leben zu verwandeln.

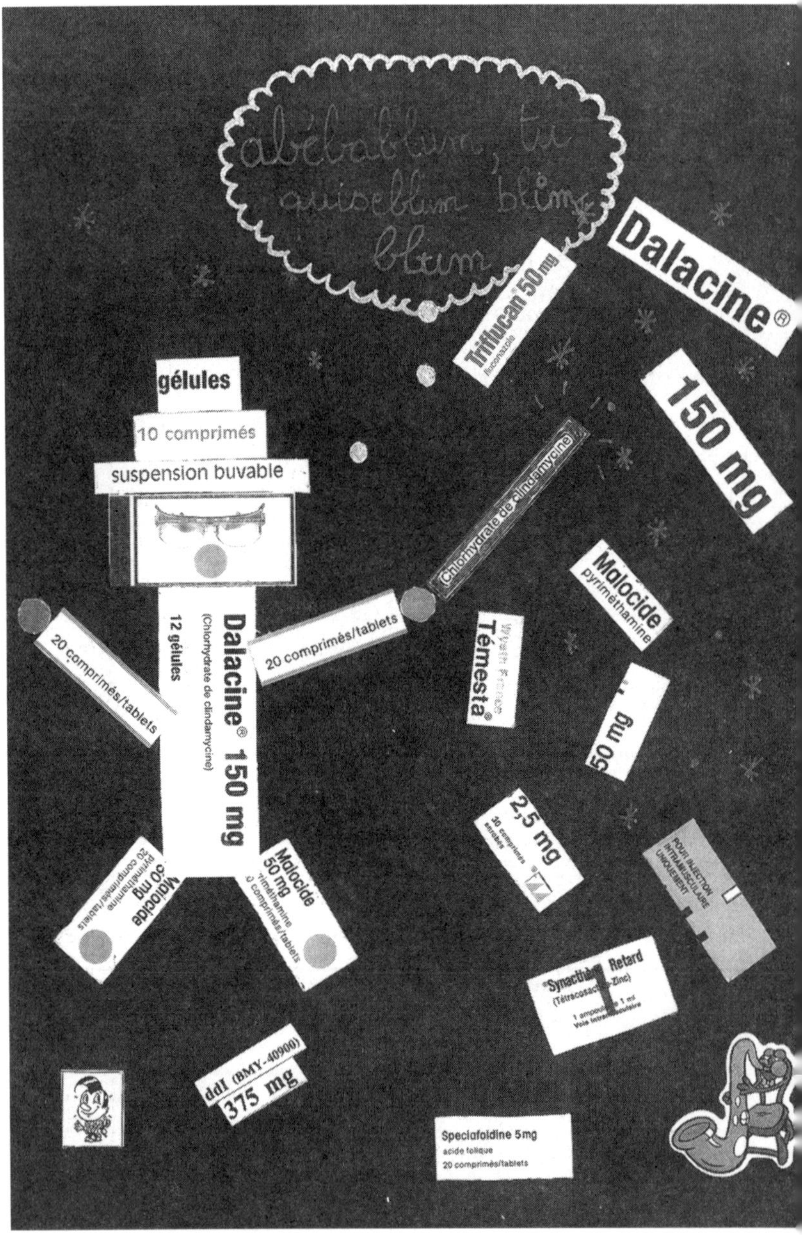
gélules
10 comprimés
suspension buvable
Dalacine® 150 mg
(Chlorhydrate de clindamycine)
12 gélules
20 comprimés/tablets
20 comprimés/tablets
Chlorhydrate de clindamycine
Malocide
50 mg
pyriméthamine
20 comprimés/tablets
Malocide
50 mg
pyriméthamine
20 comprimés/tablets
Triflucan 50 mg
fluconazole
Dalacine®
150 mg
Malocide
pyriméthamine
Témesta®
50 mg
2,5 mg
POUR INJECTION
INTRAMUSCULAIRE
UNIQUEMENT
Retard
ddI (BMY-40900)
375 mg
Speciafoldine 5mg
acide folique
20 comprimés/tablets

In dem anderen hast du vollkommen heiter und gelassen die Ergebnisse jener Operation eingeschätzt.

Das Wartezimmer hätte von Hieronymus Bosch gemalt oder ein Armenhaus sein können, was es aber nicht wirklich war, da die Kranken, denen es am schlechtesten ging, nicht in der Lage waren, in die Sprechstunde zu kommen. Wir haben trotzdem einige gesehen, lange Gestalten, nur noch Haut und Knochen, die, da sie an einer Erkrankung des Knochenmarks litten, endlose Verrenkungen machten, um die kleinste Bewegung auszuführen: jenes junge Mädchen etwa, das versuchte, sich vor einem kleinen Spiegel, den sie nicht gerade zu halten vermochte, die Lippen anzumalen, oder jener Mann, der seine Schuhe nicht erreichen konnte, um sie zuzubinden. (Sie hätten die ideale Verkörperung von Djorah, jener mythischen Gestalt aus meiner Kindheit, sein können, deren Geschichten wir in- und auswendig kannten und die, so hieß es, dic Eigentümlichkeit hatte, dass sie, wenn man sie bat, ihre linke Schulter zu zeigen, mit Hilfe kunstvoller Verdrehungen über die rechte auf sie deutete.) Aber in der Regel waren alle Patienten, die das Wartezimmer bevölkerten, abgesehen von ihrer mehr oder weniger ausgeprägten Magerkeit und Blässe vollkommen annehmbar. Gewiss, aus der Nähe betrachtet, spürte man an der Art, wie sie versuchten, ihre Reserviertheit zu wahren, eine gewisse etwas mechanische Steifheit; und man konnte sich fragen, ob das Zurückhaltung war oder um den Preis übermenschlicher Anstrengungen kontrollierte Schwäche. Vermutlich war es beides. Und ich konnte damals nicht umhin, an das symbolische Bild des Albatros zu denken, der, ungeschickt und wunderschön, von seinen riesigen Flügeln behindert wird. Oder an das Urbild des christlichen Märtyrers, den Pelikan, der sich edelmütig die Brust aufreißt und seinen hungrigen Jungen sein Inneres zum Fraß bietet.

Und dann war da auch dieses schamhafte Schweigen, keiner sprach mit dem anderen, obwohl alle nebeneinander saßen, als wäre jeder in seine eigene Geschichte vergraben, die nichts mit der des Nachbarn gemeinsam hatte. Im Gegensatz zur Tuberkulose ist Aids keine Krankheit, die die zwischenmenschlichen, ja gesellschaftlichen Beziehungen fördert, jedenfalls nicht im Spiegel des soziologischen Barometers, das ein Wartezimmer ist. Man kann von diesem Ort nicht gerade sagen, dass er auch nur im Geringsten vertrauliche Gespräche oder neue Freundschaften begünstigt, im Gegenteil: Jeder schien dort in der Anonymität und in der Heimlichkeit zu leben, gleichsam erstarrt in dem festen Vorsatz, sich nichts anmerken zu lassen. Als würde dieser Gemeinschaftsraum, anstatt die Menschen zusammenzuschweißen, die die gleiche verzweifelte Lage zusammenführt, ihren Unterschied und ihre Einsamkeit nur noch steigern.

Ein Eindruck, der sich noch verstärkte, wenn man nach dem Gespräch mit dem Arzt zur Krankenhausapotheke ging, einem besonders trostlosen Ort. Die Offizin (wie mein Vater zu sagen pflegte, *Doktor der Pharmazie* stand auf seinem Schaufenster) befand sich ganz am Ende eines langen Ganges, in einer Art ziemlich dunkler Sackgasse, die neben dem Hospiz lag, aus dem zu jeder Tageszeit die krächzenden Klänge eines Walzers drangen, begleitet von dünnen Stimmen aus dem Jenseits. Man läutete am Schalter und eine kleine Tür öffnete sich – um sich sofort wieder zu schließen, nachdem ein Kopf herausgestreckt worden war, flankiert von zwei Händen, die das Rezept packten wie ein Adler seine Beute. Man wartete in dem Gang, wo man angesichts der Seltenheit, mit der man hier jemandem begegnete, glauben konnte, der Zustrom sei so gesteuert, dass immer nur eine Person durchgelassen würde. Ein paar Augenblicke später ein erneuter Austausch, wir nahmen die kostbaren Gelatinekapseln entgegen, und die Tür schloss sich ein weiteres Mal hinter uns. Und doch, selbst an diesem abweisenden und traurigen Ort, wo die Heimlichkeit an der Tagesordnung war und wo die Angst im Grunde jede Möglichkeit einer Beziehung im Keim erstickte, war es dir gelungen, das Eis zu brechen und die Sympathie der Leute zu gewinnen: Manchmal hatten wir so etwas wie ein Gespräch anknüpfen können, und es ist sogar vorgekommen, dass wir gefragt wurden: »Und, wie geht es heute?«

Merkwürdigerweise aber war die Atmosphäre von Heimlichkeit oder Anonymität wie weggeblasen, sobald sich das Krankenhaus unter dem Zwang der äußeren Umstände von einem Durchgangsort in einen Aufenthaltsort verwandelte, wo du mehr oder weniger lange verweilen musstest.

Es herrschte dort eine Art von Vertrautheit, von echter

Solidarität, bisweilen sogar von guter Laune, und manche besonderen Originale lösten bei uns Lachkrämpfe aus, gegen die wir machtlos waren. Wir postierten uns im Gang, dem idealen Beobachtungsposten, um dem Schauspiel der menschlichen Komödie beizuwohnen, glücklich, in ebendiesem Augenblick nicht dazuzugehören. Auf diese Weise begegneten wir in dieser Porträtgalerie merkwürdigen Gestalten wie jener Krankenhausgeistlichen, die, lächerlich und rührend in ihrer steifen Ungelenkheit, in ihrem Gebaren wie eine Frührentnerin wirkte, dynamisch, lächelnd und wohlmeinend. Sie ging in die Zimmer und reichte denen, die darum baten, die verbotene Zigarette (»an dem Punkt, an dem sie sind, kann sie ihnen nicht mehr schaden«), verwechselte Pierre und Paul, denen sie die gleichen tröstenden Worte spendete, als wären sie austauschbar, und sie ähnelten einander tatsächlich so sehr mit ihren ausgemergelten Gesichtern und ihren eingefallenen Wangen, dass es niemandem eingefallen wäre, ihr ihre Zerstreutheit vorzuwerfen. Manchmal verließ sie ein Zimmer ebenso hastig, wie sie es betreten hatte, vertrieben von den kaum hörbaren Schreien derer, die noch die Kraft hatten, das konfektionierte Mitgefühl abzulehnen. Sie begegnete damals häufig einem Priester in Kutte, der ihr nicht ohne stumme Herablassung zu verstehen gab, wie vorteilhaft es in solchen Fällen wäre, vom lieben Gott den Ritterschlag zu erhalten. Dann gab es noch den Rabbiner, der ein paar Privilegierten, die um nichts gebeten hatten, seinen Segen erteilte, oder den Bibliothekar, der mit seinem Wagen mit mehr oder weniger veralteten Büchern vorbeikam. Es gab die Psychologen, die den Familien halfen, ihre Trauerarbeit bereits im Voraus zu leisten, und die die Kranken in ihrer Abwesenheit behandelten. Was den medizinischen Stab betraf, so bestand er aus vier bis fünf sehr wichtigen Personen, die im Laufschritt über den Gang eilten, und das Geräusch ihrer Stiefel hatte den Vorteil, dem Patienten anzukündigen, dass er sich so schnell wie möglich auf die Visite vorbereiten musste, die in der Regel vorbei war, noch bevor sie begonnen hatte.

Aber es gab auch diese ungemein friedlichen Augenblicke, in denen ich dich betrachtete, wie du schliefst, und in denen du meinem unersättlichen Bedürfnis, dich mit Haut und Haaren zu fressen, ausgeliefert warst: Ich verschlang dich mit meinen Blicken, unfähig, mich von der Betrachtung deines Körpers loszureißen, der noch verletzlicher wirkte, wie er so zwischen den Falten des Lakens lag, in denen er ein wenig verloren war. Und ich sog deinen Anblick in mich auf, als müsste ich diese winzigen und unendlichen Details auswendig lernen und verinnerlichen, die nur dir eigen waren, wie deine Art, mit halb geschlossenen Augen zu schlafen oder deinen Arm um deinen Nacken zu legen und dabei das Laken ein wenig zurückzuschlagen.

Als du eines Tages so auf der Seite schliefst, hatte ich versucht, dich zu zeichnen, und unter die ungeschickte Skizze, die von der Realität so weit entfernt war, hatte ich diesen Vers von Aragon geschrieben: »Ein Tag nackter Schulter, an dem die Leute sich lieben werden.« Das war am 22. September 1990.

Aber das Krankenhaus war auch, wie früher die Ferienlager, der Ort, an dem sich dein wunderbarer Sinn für soziales Verhalten entfalten konnte. Du hattest dort

Freunde gewonnen, wie du mir eines Tages triumphierend verkündet hast, wobei du mir hinter der Glaswand einen erschöpften jungen Mann zeigtest, der in einem Rollstuhl saß. Und du hast auch andere wiedergesehen, die du viele Jahre zuvor kennen gelernt hattest; nicht im Traum hättest du gedacht, dass der Zufall sie dir in einem Krankenhausflur über den Weg schicken würde. Es war, glaube ich, im Februar. Eines Morgens standest du Frank gegenüber, der ausgerechnet im Zimmer neben dir lag. Er war mit dir in einer Klasse gewesen, in der neunten vor gut zehn Jahren, und obendrein hattet ihr noch eine Liebelei gehabt. Du hast zu mir gesagt: »Erinnere dich, Mama, ich hatte dir einen Brief von ihm zu lesen gegeben; er nannte mich seine Prinzessin. Er wollte dich sogar kennen lernen.« Und wir hatten uns tatsächlich zu dritt in einem Café in Villefranche am Meer getroffen. Er wollte mit mir über dich sprechen. Er hatte große blaue Augen und lockiges Haar. Die Begegnung im Krankenhaus hatte dich sehr bewegt, vor allem aber auch erschreckt, als du sahst, was aus ihm geworden war. »Er sah so gut aus«, sagtest du, »ich habe Angst, ihn anzusehen. Er hatte so schöne Locken.« Immer wieder sagtest du mir das, und gemünzt auf die Leute, mit denen du im Krankenhaus Umgang hattest, fügtest du hinzu: »Es ist, als sähe ich mich selbst in ihnen«; und ich antwortete: »Aber nein, mein Schatz, du siehst doch, dass ihr nichts gemeinsam habt, sie und du; sie haben Infektionen, die du nicht hast.« Aber mit einer Hellsicht bar jeder Koketterie (das war eine deiner Stärken, René Chars Satz: »Klarsicht ist die sonnennächste Wunde« passte so gut auf dich) erwidertest du: »Ja, aber manchmal sehe ich mich in ihnen so, wie ich sein werde.« Du hattest einen Sinn für lapidare Formulierungen, die dir gleichsam wie von selbst einfielen. So hast du dich einmal, als ihr noch klein wart und ich euch Verhaltensmaßregeln erteilte, bevor wir ein Restaurant betraten (vor allem auf die Stielgläser hattest du es abgesehen), zu deinen Brüdern umgedreht und mein Anliegen treffend auf den Punkt gebracht: »Achtung! Wir dürfen nicht so wirken, wie wir sind.«

Und dann hast du, ebenso, wie die anderen es mit dir machten, dieses Totengesicht vergessen, das sein wahres Gesicht verbarg, um nur noch in seine großen blauen Augen zu blicken und seine Worte zu verschlingen. Frank erzählte mit nicht zu bremsender Begeisterung von seinem Nomadenleben. Nach zahlreichen Reisen hatte er sich schließlich in Marokko vorübergehend in eine kleine verfallene Hütte mitten in der Wüste zurückgezogen. Dort war er glücklich gewesen. Er hatte nicht viel gebraucht. Und dann war die Krankheit, die er bis dahin im Griff gehabt hatte, wie ein Vulkan ausgebrochen, und er war von einem Tag auf den anderen in dieses »Scheißkrankenhaus« zurückgeschickt worden. Aber, fügte er hinzu, nur für so lange, bis »diese mistige Krankheit« ausgestanden sei, »danach kehre ich zurück«.

Du hast ihm fassungslos zugehört.

Nach diesem Wiedersehen tat ich mich mit seiner Mutter zusammen; da ihr das Glück hattet, zur selben Zeit im Krankenhaus zu sein, musste man das ausnutzen. Wir würden, wie damals, als ihr klein wart und wir eine Sammelaktion organisiert hatten, die Kräfte unserer Phantasie vereinen, um kleine Gerichte für euch zuzubereiten, die euch Appetit machen sollten. Abwechselnd bereiteten und brachten wir das Abendessen. Triumphierend kam ich ins Krankenhaus mit meinen Tragekörben, die ich ungeniert auspackte. Das Ärgerliche war, dass ihr nicht ganz denselben Geschmack hattet: Er liebte Milchreis, du liebtest Ratatouille ohne Gemüseschalen. Wir riefen die anderen herbei, lauter junge Leute, die ihr mittlerweile kennen gelernt hattet, und wir feierten. Nachdem wir euch abends zugedeckt hatten, gingen wir, seine Mutter und ich, wieder auf den Flur hinaus und sahen kleine alte Frauen in weißen Nachthemden aus den dunklen Zimmern auftauchen, sie wirkten wie Gespenster in großen Säcken; auf der Schwelle ihrer Türen klammerten sie sich an uns, um uns zu bitten, ihnen zu helfen, ihren Sohn anzurufen oder sich anzuziehen, damit sie nach Hause gehen konnten; andere, ganz junge Leute, richteten sich auf wie Knochengerüste, um uns vorbeigehen zu sehen. Und wieder andere, die in ihren Betten festgeschnallt waren, brüllten wie am Spieß (was bewies, dass sie noch nicht am Ende waren, lange würden sie es allerdings nicht mehr machen): »Bitte.«

Warum sagen die Sterbenden immer »bitte«?

Und die Leichen. Eines Tages hast du zu mir gesagt: »Mama, im Zimmer nebenan liegt eine Leiche. Wir müssen warten, bis sie sie desinfiziert haben, um zu erfahren, wen wir als Nachbarn bekommen.«

Merkwürdige Nähe zu den Toten und Sterbenden, die, solange man nicht selbst dazugehört, vollkommen akzeptabel ist.

Und erinnere dich an all diese »Filme«, wie du gesagt hättest, die wir uns in Bezug auf den jungen Mann ausgedacht hatten, über den wir, während er im Zimmer neben deinem lag, herausgefunden hatten, dass er gut aussah und dass er ein Bein verloren hatte. Wir sprachen pausenlos von ihm, über die Amputation, die ihn hierher geführt hatte, aber warum zum Teufel auf diese Station? Wir waren überzeugt, dass er diesen Unfall erst vor kurzem gehabt hatte. Er war allerdings erstaunlich locker für jemanden, der gerade erst so schwer verletzt worden war, und du hast ihn dafür umso mehr bewundert. Er bekam regelmäßig Besuch von seiner Freundin, und als wir eines Tages über den Flur gingen, sahen wir durch die halb offene Tür, dass er im Umgang mit ihr eine Gelenkigkeit bewies, die für jemanden, der erst seit kurzem behindert war, recht erstaunlich war. Ein anderes Mal hatten wir verblüfft gesehen, wie er mit seinem Rollstuhl in den Gängen des Krankenhauses Slalom fuhr, wobei er seine Stütze hinter sich her schleifte. Und da begriffen wir, dass sein Bein nicht erst gestern amputiert worden war, dass er seine Behinderung ganz offensichtlich schon seit langem »integriert« hatte und dass er auf Grund langer Übung zu einem sicheren, ja fast akrobatischen Umgang mit der Einbeinigkeit gefunden hatte und schneller lief als du und ich.

Wir haben wie die Verrückten gelacht; es war, als hätte er uns einen Streich gespielt, und wir wären darauf hereingefallen!

Bleibt die Frage, da es für seine Anwesenheit auf dieser Station des Krankenhauses ja so furchtbar viele Gründe nicht geben konnte, was aus den dreien, ihm, seinem Bein und seiner Freundin, geworden ist.

In einem Krankenhausbett in Kanada hast du erfahren, dass du Aids hast. Deine erste Reaktion war, dir das Laken über die Augen zu ziehen. Als ich das Laken hochhob, sah ich eine Träne über deine Wange kullern, eine einzige, und ich hätte mein Leben dafür gegeben, diese Träne nicht über dein Gesicht kullern zu sehen.

Du warst zweiundzwanzig.

Zwei Monate zuvor warst du euphorisch aufgebrochen, nicht wenig stolz darauf, dass du die Stelle als Lektorin bekommen hattest, die es dir erlauben würde, Französisch zu unterrichten an der Universität von London in Ontario. Du hofftest, ein Jahr oder zwei dort verbringen zu können. Sabine, deine beste Freundin, hatte dir, traurig darüber, dass du weggingst, ein Foto von sich gegeben, auf dessen Rückseite sie, merkwürdig prophetisch trotz des spöttischen Tons, geschrieben hatte: »Für Mumu, damit sie im kalten Land des Exils an mich denkt.« Ihr wart unzertrennlich, meine beiden Zwillinge, wie ich euch nannte, die eine brünett, die andere nicht. Wenn wir, als ihr klein wart, zusammen ausgingen, war es, als wäre ich meine Großmutter in Oran, flankiert von meiner Schwester und mir, die uns drei mit »der Standuhr und den beiden Kandelabern« rechts und links zu vergleichen pflegte.

Du hattest neue Freunde gewonnen, junge Männer und Frauen aus aller Herren Länder. Du hattest eine schöne Wohnung mit Swimmingpool auf dem Dach gefunden. Du hattest Reisepläne.

Kurz, du hattest alles, um glücklich zu sein, und dein Leben vor dir – wenn man den Briefen Glauben schenkt, die du uns fast täglich schicktest und die ich hier für sich sprechen lassen möchte.

Brief vom 27. 8. 88

Hallo Mama!

Es ist vier Uhr morgens, mit der Zeitverschiebung 10 Uhr 30, und du kennst mich, ich bin eine Frühaufsteherin … Aber ich werde noch ein bisschen schlafen. Das Jahr fängt wunderbar an. Ich werde in einer phantastischen Villa wohnen. Nach langem Zögern habe ich endlich das Haus genommen, das Ann mir angeboten hat […] vollständig renoviert, mit einem herrlichen weißen Teppichboden. Wir werden fünf Mädchen sein […]. Kurz, gewöhnt an »Das Haus gegenüber«, werde ich mich nicht allzu fremd fühlen. […] Ann macht auf mich einen wunderbaren Eindruck. Sie und ihre Freundin sind begeistert, mit mir zusammenzuleben. Also habe ich die menschliche Wärme allem anderen vorgezogen. Das Haus ist etwas weiter weg und etwas teurer als die anderen, die ich mir angesehen habe, […], aber ich werde dort wie eine Königin leben. Ich werde diese Woche einziehen […]. Ich werde Sport treiben, eine Menge super Aktivitäten und kostenlos. […] Ich werde gut auf mich Acht geben, so, wie ihr gut auf Ririf Acht gebt … […]. Mein Jahr fängt, wie du sehen kannst, wunderbar an. Ich habe mir einen Radiowecker mit Kassettenrecorder gekauft (200 F) … Das ist alles fürs Erste. Ich bekomme Ende September mein Geld. Montag werde ich ein Konto eröffnen. Ich werde ein kanadisches Scheckheft haben. […] Ich warte auf meinen Stundenplan, und nach dem Wochenende werde ich nach Vancouver und an viele andere Orte fliegen. Ich habe auch vor, mich über Kalifornien zu informieren.

Meine liebe Mama, ich hoffe, dass deine Arbeit gut läuft und dass es dir wie immer gut geht. Ich beende jetzt diesen Brief, um noch ein bisschen zu schlafen, bevor es Tag wird. Ich werde bald Telefon haben, aber wie mit allen guten Dingen soll man es nicht übertreiben!

Dicken Kuss
Bis bald!
Mumuche

PS: Die Western University ist die beste *in ganz Kanada. Mumuche*
PS: Ich habe kurze Haare.
PS: Ich habe Papa geschrieben. Ihr könnt euch eure Briefe gegenseitig zu lesen geben.

27. 8. 88

Hallo Papa!

Wie geht es dir? Ich habe gerade Mama geschrieben. Es ist merkwürdig, jedem gesondert zu schreiben. Ich werde mich nicht wiederholen, aber ich will dir trotzdem ein bisschen erzählen. Es geht mir außerordentlich *gut. […]*

Sarah ist nicht mitgekommen, um sich mit uns (unserer kleinen multinationalen Gruppe) Die letzte Versuchung Christi *anzusehen, sie hat zu mir gesagt, und ist dabei rot geworden: »No, thanks, I don't want to see it.« […] Hast du* Verraten *von Costa Gavras gesehen? Er wird dir gefallen. Übrigens wäre es schön, wenn du mir von der* letzten Versuchung Christi *er-*

zählen würdest […]. Wie hat dir die Darstellung des Judas gefallen? Man hat mir erklärt, dass die letzte Versuchung der Traum von einer Familie ist. Aber falls du eine andere Interpretation parat hast, please write … […].

Donnerstag, den 7. 9. 99

Wie geht's? Ich bin glücklich in meinem Palast. Ich fühle mich GUT. Seit einiger Zeit schon sehnte ich mich nach einer Veränderung, nach etwas anderem, neuen Freunden … Die Uni ist phantastisch. Genial, riesig. Alles fängt jetzt an. Ich hab mich super gefreut, mit euch am Telefon zu sprechen, so sehr, dass ich zehn Minuten in meinem Supermarkt herumgelaufen bin und ganz für mich allein gelacht habe. Es tut gut, sich at home zu fühlen und die Koffer ausgepackt zu haben. Weihnachten habe ich einen Monat Ferien, aber wenn ich einen Wirtschaftskurs belege, werden sie kürzer sein. Ich bin noch nicht sicher. Ich habe zehn Stunden Unterricht pro Woche, von Dienstag bis Freitag und nur vormittags! […] Ich habe die (unerhörte) Möglichkeit, neben meinem Status als »teaching assistent« Studentin zu sein […].

Ohne Datum

Ich bin von morgens bis abends beschäftigt. Ich fühle mich frei, glücklich, und vor allem lerne ich, meine Angst abzubauen […]. Die große Neuigkeit, die mich glücklich gemacht hat, ist, dass ich aufgegeben habe, was mich am allermeisten gestresst hat: die Wirtschaft. Es ist das erste Mal seit der Oberstufe (naturwissenschaftlicher Zweig!), dass ich wirklich *mache, was mir gefällt. Der Französischunterricht macht mir einen Riesenspaß. Ich füh-*

le mich erwachsen und identifiziere mich ein wenig mit dir, Mama, wenn ich im Fachbereich meine Post abhole. […]

PS: Ich habe einen super Rundfunksender gefunden: gestern Schubert, heute Mozart … […].

8. 9. 88

Wieder ich. Geschafft, ich habe meinen Studentenausweis! Ich bin eine »Point time student«! Bitte vergesst nicht, mich für das Aufbaustudium einzuschreiben. Ich bin dabei, mich um meine Versicherung zu kümmern […]. Bis Juli bin ich auf jeden Fall versichert. Die medizinische Behandlung ist hier unbezahlbar, ich brauche also nichts vorzustrecken, wenn ich zum Arzt gehen muss (oder ins Krankenhaus: »Klopf auf Holz, meine Tochter!«) … […].

17. 9. 88

Mein lieber Papa,

ich habe deinen Brief bekommen […]. Es stimmt, ich bin sehr glücklich. Heute Abend hatten wir wieder Freunde eingeladen. Wir waren zu neunt, und jeder war aus einem anderen Land: Sarah (Ottawa), Patricia (Avignon), Annie (Martinique), Benoît (Québec), Robbins (England), Dimitri (Griechenland), Cathy (Libanon). Das ist Kanada, ein Schmelztiegel von Leuten, die aus allen Teilen der Welt kommen. Es ist so groß, es ist Platz und Arbeit für alle vorhanden. […] Ich weiß nicht, warum ich euch so viel schreibe. Vielleicht, weil ich euch an dem teilnehmen lassen möchte, was ich tue und was ich empfinde. Vielleicht auch, weil ich mich nicht wirklich abnabeln möchte … […].

21. 9. 88

Es ist ein Uhr morgens ,und ich bin so aufgekratzt, dass ich nicht schlafen kann ... Im Augenblick bin ich sehr beschäftigt, ich gehe morgens aus dem Haus und komme abends um zehn Uhr zurück ... Ich habe ein Mädchen kennen gelernt, dessen Eltern Algerienfranzosen sind, ich habe bei ihr gegessen, und wir haben den Abend zusammen verbracht [...]. Diese Woche ist die Woche der Klubs. Es gibt massenweise Klubs: Investitionsklub, Klub für das Recht auf Abtreibung (Schwester Theresa hat gesagt, dass die Frauen, die abtreiben, ins Gefängnis gehören!), politische Klubs, palästinensische, jüdische usw. [...]. Béatrice wird euch von meinem Vorsprechen heute Abend für den Theaterklub erzählen. Ihr werdet was zum Lachen haben. Natürlich bin ich im Filmklub eingeschrieben. Ich brauche nur einmal in der Woche als Platzanweiserin zu arbeiten und kann alle Filme kostenlos sehen. Was den Skiklub betrifft, da warte ich ab, denn es scheint, dass es in Ontario sehr kalt wird, es würde sich lohnen, eine Woche in die Rocky Mountains zu fahren. [...] Altweibersommer, da kann ich nur lachen. Bis dahin werde ich vielleicht Freunde haben, mit denen ich gerne fahren würde [...]. Der Unterricht läuft gut, ich gewinne immer mehr Sicherheit.

London, den 9. November

Meine liebe Eltern,

während ich meinen kleinen Brief weiterschreibe, höre ich auf dem Sofa liegend Music for my daughter. *Ich habe einen Freund, der mit mir zusammen Französisch unterrichtet, und dann gibt es auch noch Dean (my roommate).*

Ich war zwei Tage im Krankenhaus, weil ich plötzlich zwei dicke Knoten am Hals und einen ziemlich schrecklichen Fieberanfall hatte. Ich habe Untersuchungen machen lassen. Die Mono-

nukleosetests waren negativ, ich will euch also nicht umsonst in Panik versetzen, denn man kann noch nichts Genaues sagen; sie haben unter örtlicher Betäubung eine Biopsie vorgenommen, weil sie fürchteten, es könnte ein Tumor sein. Die Ergebnisse werde ich Montag bekommen. Ich mache mir keine Sorgen, weil diese Art von Lymphtumor heilbar ist.

Alle meine Freunde waren im Krankenhaus, ich bin nicht einen Augenblick allein gewesen. Außerdem sind die Ärzte und Krankenpfleger

Du hast den Brief nicht beendet. Ich habe ihn auf deinem Schreibtisch gefunden, als ich in Kanada ankam.

Du warst gerade ins Krankenhaus eingewiesen worden. Eine deiner Freundinnen hatte uns sofort benachrichtigt. Ich bin zu dir geflogen.

Ich erinnere mich an diese Winterreise, meine *Winterreise,* die mich nach dem Flug bis Toronto mit dem Taxi vom Flughafen ins Krankenhaus geführt hatte. Der Regen tropfte an den Scheiben herab und gefror zu Tränen aus Raureif. Was für ein Schock, diese Ankunft mitten in der Nacht in der Notaufnahme des Krankenhauses von London, wo ich über das Wort EMERGENCY stolperte, das senkrecht in Leuchtbuchstaben geschrieben war, eine Lichtflut aus falschem Glanz (das Musterbeispiel eines *faux ami,* eines Wortes, das in zwei Sprachen in ähnlicher Schreibung vorkommt und doch etwas völlig Unterschiedliches bedeutet. Man denkt an *émergence,* das Auftauchen des Kopfes aus dem Wasser, und stößt auf *urgence,* »Notfall«, womit man Gefahr assoziiert).

Das hier hat nichts, wirklich nichts mit der düsteren Notaufnahme bei uns zu tun. Durch diese gedämpfte Welt, in der die Worte und die Gesten von Höflichkeit geprägt waren (genau wie in den Athenäen), konnte man mit kleinen, ganz leisen Schritten gleiten. Alles wirkte keimfrei, reich und sauber.

Selbst die Höflichkeitsfloskeln, mit denen man empfangen wird, vermitteln einem ein Gefühl der Sicherheit: »May I help you?«, und wenn man sie beim Wort nähme? Ganz zu schweigen davon, dass in einer fremden Sprache, die man schlecht versteht, selbst die schlimmsten Ereignisse weniger bedrohlich wirken.

Als ich später die Ärzte befragte, habe ich dieses Geschenk des Himmels schamlos ausgenutzt, das meiner Verzweiflung ein bequemes Alibi verschaffte: Ich konnte mich hinter den Schutzwall einer Sprache flüchten, die ich schlecht sprach, um knallhart auszusprechen, was ich auf Französisch allenfalls mit Hilfe euphemistischer Umschreibungen hätte ausdrücken können: »She can die?« hatte ich gefragt, und der Arzt, der wusste, dass dieses Wort dich verurteilte, hatte in einem Ton, der weniger gleichgültig klang als meine Frage, aber die gleiche ungeschickte Ausdrucksweise bewahrend, geantwortet: »She can«, was wörtlich merkwürdigerweise bedeutete: »Es steht in ihrer Macht zu sterben«, und nicht »Es ist wahrscheinlich, dass sie stirbt«.

Du hast mich erwartet, mit großen vertrauensvollen Augen, den Hals nach einer Biopsie mit Kompressen verbunden, und hast mir die Arme entgegengestreckt. Du hattest soeben, aber du wusstest noch nicht, in welchem Maße, die erbarmungslose Welt des Leidens und des Todes betreten.

Ein paar Tage später bin ich mit dir nach Hause geflogen. Ich hatte gerade genug Zeit, dein Haus zu sehen, mit dir in deinem *water bed* zu schlafen, deine Freunde kennen zu lernen, dir zuzuhören, wie du ihnen am Telefon antwortetest: *hay* (und du hattest eine wunderbare Art, die Aussprache des *h* zu übertreiben) oder *not so bad, don't worry, be happy, be relax*; Zeit, jüdisches Brot für sie zu backen und dich zu überreden, mit mir nach Nizza, nach Hause zu fliegen. Wir hatten auch Geoffrey, deinen Freund, mit eingepackt, der dich nicht verlassen wollte, vor allem nicht, seit deine Krankheit offenbar geworden war. Er war ein ausgezeichneter Posaunist, und seit er bei uns war, wurden wir jeden Morgen von lauten Posaunenklängen geweckt. Er war wunderbar und rührend.

Letztes Jahr erhielt ich nach mehreren Jahren des Schweigens einen langen Brief von ihm, in dem er mir mitteilte, dass er Profimusiker geworden, dass er zur Ruhe gekommen und glücklich sei und dass du ihn verwandelt und ihm die Kraft gegeben hättest, sich selbst zu verwirklichen.

In jenen Jahren war Aids nicht nur tägliches Leiden. Es bedeutete auch die Angst, Schrecken um sich herum zu verbreiten und zurückgewiesen zu werden. Die Homosexuellen hatten dieses zusätzliche »Handicap« nicht; ihre Zugehörigkeit zu einer organisierten Gemeinschaft erlaubte ihnen, die Krankheit mit dem Gefühl zu leben, dass sie sich auf die Solidarität der anderen, und sei sie anonym, und ihre bedingungslose Aufopferung verlassen konnten. Sie konnten auch weiter lieben und geliebt werden, bis sie daran starben.

Du warst in gewisser Weise ein Einzelfall, und die Krankheit hatte eine »natürliche« Auslese getroffen; deine wirklichen Freunde hast du behalten, diejenigen, die dich liebten, die sich für dich aufopferten, die nett zu dir waren, und du hast es ihnen reichlich vergolten. Der Umgang mit dir war für sie ein Gewinn, und häufig warst du ihnen eine wertvolle Hilfe, du, die du einen ausgeprägten Sinn für zwischenmenschliche Beziehungen hattest und die Großzügigkeit selbst warst. Wie oft hast du ihnen geholfen, Arbeit zu finden, manchmal auch eine verwandte Seele. Die anderen, denen deine Krankheit Angst machte, hatten sich in Luft aufgelöst, und das ist ein guter Test, um die menschliche Seele zu beurteilen (damals waren die irrationalsten Gerüchte über die Übertragung des Virus durch Speicheltröpfchen im Umlauf; aber wie soll man verhindern, dass man ab und zu spuckt, wenn man mit Leuten spricht?). Ich habe oft gedacht, dass wir auf unsere Weise die Zeit der Résistance erlebten, und die goldene Regel hierbei war das Schweigen. Nur wenigen war es vergönnt, ins Vertrauen gezogen zu werden und das Geheimnis zu wahren.

Mir kommt plötzlich dieses schöne Gedicht in den Sinn, das mich seit langem in seiner stolzen Herausforderung verfolgt; es ist von René Char, dem Dichter und Résistancekämpfer:

Die Wahrheit ist persönliche Wahrheit.
Nehmt euch in acht: nicht alle sind des Vertrauens wert.
Bruderkuss dem, der tauchend aus Müdigkeit und Schweiß zu mir kommt und spricht: »Da bin ich, um dich zu täuschen.«
O große schwarze Schranke, die dem eigenen Tod entgegengeht, warum ist es immer an dir, den Blitz sichtbar zu machen?

Dieses Leiden an dem Geheimnis, das ich zu meinem eigenen gemacht hatte, erlebte ich Tag für Tag voller Angst und Schuld: Sollte ich es meinen Freunden sagen oder nicht? Im ersten Fall erwartete ich alles von ihnen, als würde das »Eingestehen« uns retten. (Ich habe übrigens nie diese unglaubliche Macht verstanden, die ich ihnen zuschrieb; oder war es nur die des Mitgefühls, die ich von ihnen erhoffte?) Und wie groß war meine Verzweiflung, wenn mir die Sinnlosigkeit des zugestandenen Opfers bewusst wurde und die Gefahr, die es darstellte; denn indem ich diese zu schwere Last preisgab, gab ich meine Wachsamkeit auf und war den anderen ausgeliefert, sobald sie *Bescheid wussten.* Im zweiten Fall spürte ich dunkel, dass mein Schweigen als Mangel an Vertrauen interpretiert werden könnte, und ich hatte das Gefühl, dass ich mich in dem Augenblick von ihnen entfernte, in dem ich sie am meisten brauchte.

In beiden Fällen lebte ich mit dem Gefühl eines Verrats: Ich verriet dich, wenn ich enthüllte, was Teil deines Privatlebens war, obwohl alle Bescheid zu wissen schienen, aber was sie genau wussten, war mir nicht klar. Ich verriet die Freundschaft, insofern nichts zu sagen bedeutete, dass ich sie nicht für würdig hielt, dieses Geheimnis zu teilen.

Bis ich endlich begriff, dass gerade der ein Freund ist, der unser Schweigen respektiert, wenn das Wort uns erstickt, und der unseren Worten zuhört, wenn das Schweigen uns bedrückt. Mehr noch, der ist ein Freund, der, anstatt uns vertrauliche Mitteilungen zu entlocken (aus Fürsorge oder Neugier, niemand wird das je genau auseinander halten können), im Gegenteil der Wächter unseres Privatlebens ist. Aus diesem Grund bin ich denen unendlich dankbar, die mir zugehört haben, wenn ich ihnen dieses Geheimnis anvertraute, aber ich werde denen niemals vergeben, die es ohne mein Wissen ausgeplaudert haben.

Kundera sagt es wunderbar in *Verratene Vermächtnisse:*

> *Freundschaft [...] bedeutet, ein Wächter vor dem Tor zu sein, hinter dem der Freund sein Privatleben versteckt; sie bedeutet, derjenige zu sein, der dieses Tor niemals öffnen wird; der niemandem erlauben wird, es zu öffnen.*

Sie singt vor sich hin,
und manchmal ist es,
als stieße sie leise Schreie aus.
Nachts schläft sie, träumt,
und es ist, als weinte sie.

Notiz vom 29. Juni 1991

Die offene Seite deines so oft in einen geschlossenen Raum gepferchten Lebens war die Stadt, in die du so gern ausbrachst, sobald das Fieber seinen eisernen Griff ein wenig lockerte. Wir machten uns dann beide auf den Weg, und die großen Tage waren die, an denen wir uns, anstatt auf der Suche nach einem Parkplatz herumzukurven, den Luxus eines Privatparkplatzes leisteten, wo wir unseren Wagen stehen und die Schlüssel auf dem Armaturenbrett liegen ließen und wo der Parkwächter uns wie in einem Palast die Tür öffnete. Du riefst: »Schluss mit dem Geiz, heute lassen wir es uns gut gehen.«

Ich möchte den Weg unserer Streifzüge noch einmal zurücklegen, in deinen Fußstapfen gehen, um deine Fährte zu verfolgen. Merkwürdigerweise spüre ich in mir die Fähigkeiten dieser uralten arabischen Frauen, die jeden Winkel der Kasbah von Algier auswendig kennen und in gewisser Weise das Gedächtnis dieses Ortes sind, der sich durch seine ständig sich wandelnde labyrinthische Komplexität jeder genauen Erfassung durch das Katasteramt entzieht. Man sagt sogar, sie seien die Einzigen, die so etwas wie eine geistige Karte der Altstadt besäßen.

Alle Bilder von dir, die sich mir aufdrängen, meine schöne Flaneurin, sind Momentaufnahmen, auf denen ich dich an verschiedenen Punkten dieser Stadt wiedersehe, in der für mich noch immer deine Gegenwart spürbar ist, aus dem einzigen Grund, weil du, und sei es nur ein einziges Mal, diese oder jene Straße mit deinen Augen gesehen hast, mit deinen Füßen durch sie gegangen bist, dort den Duft deines Parfums hinterlassen hast. Oder dort gelitten hast. Diese bald traurige, bald fröhliche, bald komplizenhafte, bald feindliche Stadt möchte ich nach deinem Bild neu entwerfen, ich möchte den Namen jeder Straße, durch die du gegangen bist, buchstabieren, als könnte allein schon die Tatsache, dass ich sie benenne, ihnen eine Identität und eine Existenz verleihen, die von nun an unlösbar mit deiner verbunden sind. Rue de l'Hôtel des Postes, ich sehe dich vor mir, wie du dort mit blutbeflecktem Kleid eine Hündin betrachtest, die ins Tierheim oder zum Schlachthof gebracht wird; sie war auf der Ladefläche eines Karrens angebunden, und ich werde niemals das Mitleid vergessen, das du empfunden hast, als dein eigener ihrem sanften und resignierten Blick begegnete. Du hast ihr mit unendlicher Zärtlichkeit tief in die Augen geschaut, dann hat sie ihre abgewendet. Ahnen die Tiere ihren Tod voraus? Boulevard de Cimiez – das war der Weg, den wir zum Krankenhaus nahmen, und im Herbst waren die Platanen in ein flammendes Rot getaucht; wie oft sind wir ihn hinaufgefahren in der verrückten Hoffnung, allein schon der Besuch beim Arzt und die Tatsache, dass wir nichts vergaßen bei der Erklärung deiner Symptome, würden deinem Alptraum ein Ende bereiten; und über dieses Bild schiebt sich das Bild anderer, älterer Wege, als du ein Baby warst; wir gingen ebenjenen Boulevard hinunter, du und ich, du lagst in deinem Kinderwagen, mit einem Strampelanzug aus grün-weißem Frottee bekleidet, wir gingen zur naturwissenschaftlichen Fakultät, um Papa damit zu überraschen, dass wir ihn von der Arbeit abholten; ein paar Jahre später sehe ich dich, ein schelmisches und lachendes kleines Mädchen, in einem marineblauen Dufflecoat in der kleinen, von Zypressen gesäumten Allee laufen, die zum Kindergarten in der Avenue George-V führt. Wenn Papa dich vom Kindergarten abholte, führtest du ihn an der Nase herum, indem du ein Dutzend Mal »küssen, nicht küssen« spieltest; so nanntest du selbst das Spiel, das darin bestand, dass du dich in seine Arme geworfen und ihm die Wange hingehalten hast, wobei du »küssen« sagtest, und dich ihm dann, noch bevor er sie berühren konnte, mit den Worten »nicht küssen« entzogen hast. Rue Masséna, das war später; ich erinnere mich, dass wir eines Tages in ein Café gegangen waren, du hattest dich auf einen Stuhl gesetzt, der unter dir zusammengebrochen war, und du warst hintenüber gefallen; du warst bleich, vor allem aber verärgert, und du hattest deinen Kleinmädchenausdruck, so wie damals, als du (du warst wirklich winzig) auf einen Aschenbecher gepustet und uns, nachdem dir die Asche in die Augen geflogen war und du kaum noch etwas sehen konntest, durchaus nicht ohne Grund angegangen hattest: »Ihr hättet ruhig auf mich aufpassen können!« Ich sehe dich auf dem Bürgersteig gehen, am Col de Villefranche, wo ich dir entgegengekommen war; du hieltest einen winzigen Strauß Anemonen in der Hand, den du mir schenken wolltest, und aus der Ferne hatte ich ihn für einen riesigen Blumenstrauß gehalten, so sehr verschwandest du, dünn und zart, wie du warst, hinter dieser leichten Last. Du glichst diesen kleinen Figuren von Giacometti, die nur an einem Faden hängen, der häufig derjenige der Spiritualität war, die einem auf ihren Grundentwurf reduzierten Körper abgerungen war; du warst die Schwester von Annette, die ebenfalls vorwärtsging, einen Blumenstrauß in der Hand, den sie verschenken wollte; aber du warst auch Anne Frank, der du, darüber waren sich alle einig, ähneltest, und das nicht nur körperlich, du hattest ihre Sensibilität und teiltest mit ihr diesen naiven Glauben an die Menschheit, der sie veranlasst hat, diesen Satz zu schreiben, der von dir hätte sein können: »Ich glaube nicht, dass der Mensch Böses tun kann.«

Als ich dich an jenem Tag auf der Straße sah, konnte ich merkwürdigerweise nicht anders, als an das Foto einer jungen Frau zu denken, das mir seit Jahren nicht aus dem Kopf geht und unter dem die folgenden Worte von Vercors stehen:

Und wenn die junge Frau, die ruhig und stumm vor Ruinen steht, nicht wirklich zu lächeln wagt, so ist das Lächeln doch nicht fern über dem Blumenstrauß, den sie wie die Hoffnung trägt, und diese Hoffnung und dieses Lächeln wird der Tod nicht mehr auslöschen.

Ein anderer Tag im Euromarché, es war an einem unerträglich heißen 14. Juli, du hattest unbedingt zum Friseur gehen wollen; wir nahmen die Rolltreppe, die in den ersten Stock führt, und ich war vor dir, als ich dich plötzlich nicht mehr sehe; ich drehe mich um, und da sehe ich dich, und dieser Anblick begleitet mich immer, jedes

Mal, wenn ich mich an diesem Ort umdrehe: Ich sehe dich, immer genau an dieser Stelle, wie ich dich damals sah, du hattest dich an das Geländer geklammert, das dich mitzog, du hast dich nicht bewegt, dir war plötzlich schlecht geworden, und aus der Ferne kam es mir vor, als weintest du. Die Feuerwehr traf ein, und trotz meiner Proteste (ich wollte dich nach Hause bringen) hat man dich in die Notaufnahme des Hôpital Saint-Roch gebracht; vergeblich erklärte ich ihnen, dass du im Krankenhaus von Cimiez in Behandlung seist, wo sie Auskünfte über deinen Fall einholen könnten, sie wollten nichts davon hören, und machtlos wartete ich, dass die Assistenzärzte, nachdem man uns eine ganze Weile in einem überfüllten Gang hatte stehen lassen, wo du in aller Ruhe wieder zu dir kommen konntest, zahlreiche Routineuntersuchungen durchführten, die völlig sinnlos waren, außer dass sie dich erschöpften. Wir konnten ihnen entkommen, bevor sie ihre Untersuchungen beendet hatten, und du hattest sogar die Kraft zu lachen, als wir in falscher Richtung durch ein paar automatische Türen gehen mussten, die sich normalerweise beim Hineingehen und nicht beim Hinausgehen öffneten.

Und die Cafés, in denen ich wartete, dass du von deinen Kommilitonen zurückkämest, in der Regel borgtest du dir von ihnen Vorlesungsmitschriften aus; die ganze Stadt war übersät mit diesen Terrassen oder diesen Hinterzimmern, wo ich mir sagte, nachdem ich mich gesetzt hatte: »Wenn sie nur nicht gleich wiederkommt«, denn das war das Zeichen, dass du es nicht bis zu ihnen geschafft hattest, und wir mussten dann rasch zurück.

Ich sehe dich wieder in der Rue de la Libération, du

konntest dich kaum auf den Beinen halten, bemühtest dich aber, aufrecht zu bleiben, ohne zu schwanken, du warst, meine Sanfte, viel stärker als die windschiefen Bäume, von denen man erzählt, dass die Krankheit ihnen den Sinn für die Vertikalität raube; auf wundersame Weise gelang es dir, und niemand wusste, um welchen Preis, dein labiles Gleichgewicht zu bewahren, und jedes Mal war es, als trügest du, meine Lichterfüllte, einen Sieg über das Dunkel der Krankheit davon.

Jetzt bin ich an der Kreuzung direkt nach dem Pont Barla; es ist August, wir hatten uns dort nach deiner Untersuchung im Krankenhaus verabredet; ich warte auf dich, aber du verspätest dich, die Minuten vergehen, und du bist noch immer nicht da; ich kehre zum Krankenhaus zurück, wo man mir sagt, dass du schon vor einer ganzen Weile gegangen seist, ich frage den Lebensmittelhändler an der Ecke, ob er dich nicht hat vorbeigehen sehen, aber nein, nichts, was von der Beschreibung her auf dich passt; in panischer Angst suche ich dich überall in dieser Stadt, die bleich ist wie mein furchterfülltes Gesicht, in der ich den Norden nicht mehr vom Süden unterscheiden kann. Papa hat dich gefunden, wie immer, wenn ihr euch als kleine Kinder verlaufen hattet, er fand euch ganz gleich, wo ihr wart, und ohne dass ihr Kiesel hinter euch auf den Weg fallen lassen musstet; erinnerst du dich noch an den Tag, als wir einen steilen Weg hinaufkletterten, es war in der Nähe von Saint-Etienne-de-Tinée, er ging hinter euch im nötigen Abstand, um »die Steinchen aufzusammeln«, wie er lachend erklärte, aber in seinem Lachen schwang Ernst mit, und er lief zielstrebig weiter.

Du irrtest am anderen Ende der Stadt herum, und er hat dich weinend zurückgebracht, du warst entsetzt, dass du infolge einer Nervenschädigung deinen Weg nicht mehr finden konntest. Zu anderen Zeiten hättest du ihn mit geschlossenen Augen gefunden.

Unsere Stadtrundgänge wurden auch unterbrochen durch das, was wir früher, als ihr klein wart, auf Reisen die »Spuckpause« nannten, analog zur »Pipipause«. Ich sah, wie du dich entferntest, wie die Vögel, die sich verstecken, um zu sterben, ich folgte dir mit den Augen, ohne dich begleiten zu können, denn das ließ deine Scham nicht zu, und ohne dass du mir den trügerischen Trost gestattet hast, der darin bestanden hätte, deine Stirn zu halten, diese instinktive Geste, mit der alle Mütter in einer solchen Situation ihren Kindern beispringen, solange diese noch klein sind.

Einige Stellen der Stadt sind daher für mich so etwas wie Stationen eines Leidensweges, den du mehr als alles andere gefürchtet hast, Boulevard Jean-Jaurès, Rue Droite, Boulevard Carabacel (es war das letzte Mal, dass du in den Wagen stiegst, und du tatest es, um ins Krankenhaus zu fahren) und ich habe das Gefühl, dass ich, wenn ich auf diese Weise die endlose Liste deiner Zwangspausen Revue passieren lasse, noch einmal mit dir deinen Kreuzweg gehe; ich fühle mich dann von der Gewissheit durchdrungen, dass die Erde unter dem Asphalt etwas bewahrt hat, das, da es durch das Innere deines Körpers hindurchgegangen ist, heilige Materie geworden ist. Ich bedauere, dass ich sie nicht habe vergraben können, wie man bei den Hopi-Indianern die Plazenta vergräbt, oder dass sie nicht dazu dienen konnte, ein Stück Erde zu befruchten, aus der ohne Zweifel ein schöner Baum oder ein blühender Busch emporgewachsen wäre.

Du sagtest: »Dabei hatte es mir heute so richtig geschmeckt«, und ich antwortete dir: »Auch wenn du dir die Seele aus dem Leib spuckst, liebe Tochter, die Freude, die es dir gemacht hat, mit solchem Appetit zu essen, die kann dir keiner mehr nehmen.« Du hast traurig gelächelt und dir die Tränen abgewischt, die dir durch die Heftigkeit der Krämpfe in die Augen geschossen waren. Aber schon im nächsten Augenblick zeigte deine Haut nicht mehr die geringste Spur der Prüfung, der du eben ausgesetzt warst; sie war durchscheinend geworden, wie gewaschen, erlöst von den Stößen, die deinen Körper erschüttert hatten, und rein wie der Himmel nach einem Gewitter.

Der letzte wirkliche Spaziergang, den wir gemacht haben und auf dem du den Sonnenuntergang bewundert hast, hat uns am Canal de Gairaut entlanggeführt, in unmittelbarer Nähe des Wasserfalls.

»Mama, ich brauche neue Garderobe«, ich liebte es, wie du, ganz altmodisch »Garderobe« für »Kleider« sagtest (ebenso sagtest du »Pille« statt »Tablette«, und es hatte sofort mehr »Klasse«); wenn du dies sagtest, ließen wir alles stehen und liegen, und es begann das anstrengende Unterfangen, einkaufen zu gehen, das dich, wenn wir es erfolgreich abschlossen, auf wundersame Weise aus dem Tief herauszuholen vermochte, in dem du zu versinken drohtest, oder zumindest aus der Niedergeschlagenheit, der wir keinen Raum geben durften. Übrigens sagtest du, immer wieder von neuem begeistert über das Privileg, das wir genossen: »Was für ein Glück wir doch haben, Mama, das wir begütert sind und uns alles leisten können.« In der Regel waren wir an diesen Tagen fröhlich und sehr aufgeregt angesichts der Aussicht, zwar nicht zu flanieren, das ließ deine Erschöpfung nicht zu, aber doch methodisch, denn wir mussten deine Kräfte schonen, auf die Suche nach dem Kleidungsstück zu gehen, in dem du nicht nur hübsch aussehen würdest, sondern das auch dieses, wenn auch flüchtige, Lächeln auf dein Gesicht zaubern würde, auf das ich ständig lauerte während unseres reduzierten gemeinsamen Lebens, denn es vermittelte mir stets die Illusion, dass es das Leiden und die Angst auszulöschen vermochte. »Sie lächelt«, sagte ich mir, nur allzu bereit, mich selbst zu beschwichtigen, »also geht es ihr gut.« Wie groß war meine Erleichterung, wenn ich sah, dass deine Miene sich aufhellte. Und wie groß dagegen meine Verzweiflung, wenn deine Gesichtszüge sich verzerrten durch die Müdigkeit, die dich mit einer vollkommen unvorhersehbaren Plötzlichkeit überfiel! Ich spürte diese Müdigkeit allerdings kommen, fast noch bevor du selbst sie spürtest, und zwar an kleinen Anzeichen wie der bläulichen Färbung der Schatten unter deinen Augen, die sie dunkler aussehen und dein Gesicht noch verletzlicher wirken ließen. Häufig überfiel sie dich mitten beim Einkaufen oder bei der Anprobe, und ich hatte jedes Mal Angst, du könntest ohnmächtig werden, was zwei- oder dreimal vorgekommen war. Ich kam dir dann zuvor und bemerkte: »Du bist müde«, und du erwidertest, fest entschlossen, dich niemals zu beklagen, außer du konntest wirklich nicht mehr, und du warst im Stande, bis an die äußersten Grenzen deiner Kräfte durchzuhalten: »Woher weißt du das?« Wir packten dann hastig alles zusammen, und ich brachte dich sofort nach Hause. Und wir redeten uns ein, das Einkaufen hätte dich so erschöpft, obwohl wir häufig gerade erst losgezogen waren. Und wir nahmen uns vor, wieder in die Stadt zu fahren, wenn es dir besser ginge. Wir kamen unverrichteter Dinge nach Hause zurück, aber doch glücklicher, als wir es beim Losfahren gewesen waren, denn dir war zumindest die Demütigung erspart geblieben, in der Öffentlichkeit von einer *Müdigkeit* übermannt zu werden, die nicht deinem Alter entsprach, die einen außer Gefecht setzte, wie alte Menschen, die sehr alt und sehr krank sind. Und das Wort Müdigkeit ist schwach, aber ich habe kein anderes, und ich bin es mir schuldig, im Namen derer, die so etwas erlebt haben, zu sagen, wie sehr sie einen niederschmettern, vernichten, zerstören kann. Ich höre noch Pierre-Arnaud, den Sohn einer meiner Freundinnen, der mit dreißig an Krebs gestorben ist und der in Bezug darauf gestand: »Ich bin vollkommen *destroyed*«, ein Wort, das in deinem Wortschatz nicht vorkam, und es lag etwas merkwürdig Jugendliches, ja etwas, was die Assoziation an ein Kriegsschiff wachrief, in diesem Ausdruck, der sein Leiden in meinen Augen (aber auch in seinen?) erträglicher machte.

Ich muss lächeln bei dem Gedanken, dass die Müdigkeit seit einigen Jahren, und das lag bereits in der Luft, als du noch lebtest, in Mode gekommen ist: Bücher schossen wie Pilze aus dem Boden, die diese Art von untätigem Dasein priesen, das unser Körper brauche, um sich mit unserer Seele und vor allem mit unserem Schuldgefühl zu versöhnen. Du bist wirklich immer mit der Mode gegangen, liebe Tochter.

Es war lange eine besondere Eigenart von dir, dass du zwischen zwei Größen hin- und her wechseltest, bald brauchtest du knappe 38, bald gute 44, außerdem konntest du mit Einheitsgrößen nichts anfangen. (Wenn du dich über diese elastische Wankelmütigkeit deines Körpers beklagtest, profitierte ich davon, um dir zum x-ten Mal die Geschichte meiner Großmutter zu erzählen, die empört war, dass ich einen (wunderbaren) Akt von Modigliani liebte – und in meinem Wohnzimmer aufhängte –, der ihr Schamgefühl verletzte; als ihr eines Tages die Argumente ausgegangen waren, hatte sie zu mir gesagt: »Ich verstehe wirklich nicht, was du an ihr findest, sie ist nicht einmal schön und dermaßen unproportioniert, obenrum muss sie Größe 40 tragen und unten 44.«) Jedenfalls ging es dir auf die Nerven, dass du häufig Sachen kaufen mussest, die dir nach ein paar Monaten nicht mehr passten, manchmal veränderte sich dein Körper sogar schon binnen weniger Wochen, schwoll an oder ab wie ein Akkordeon. Ich erklärte dir, dass, ebenso wie man Winter- und Sommerkleider habe, du eben, und das sei sogar ein Vorteil [*sic*], deine Bohnenstangenkleidung für die guten Tage hättest und die weiter geschnittene für diejenigen, die weniger gut waren (der Begriff »gute Tage« bezog sich auf unser Streben nach dem Idealbild, das die Modestars vermitteln). Natürlich bist du mir nicht auf den Leim gegangen: Wenn du mager warst, von einer Magerkeit, die dich selbst erschreckte, schienst du geradewegs aus Buchenwald zu kommen; wenn du dicker warst, sahst du aus, als wärst du im fünften Monat. Im ersten Fall wollte die Verkäuferin, die dir ein Kleid anprobieren half, dir schmeicheln und hauchte: »Sie ist zierlich« – es war dieses schöne Ensemble aus beiger Wolle, in dem du, wie ich mich erinnere, ein wenig verloren wirktest. Und während sie diesen Euphemismus gebrauchte, um das abgemagerte Bild zu bezeichnen, das der Spiegel uns ohne Nachsicht entgegenhielt, versuchte sie das Kleid an deine Haut zu drücken, damit es sich nicht zu sehr bauschte und sie nicht darauf sitzen bliebe.

Im zweiten Fall, wenn du wieder aufgedunsen warst, bekamst du die Fürsorge, die dein mutmaßlicher Zustand verlangte, oder zumindest kluge Ratschläge (ein Vorteil, den die Krankheit merkwürdigerweise nicht verschafft, da man sie nicht wahrhaben will); eine Verkäuferin hatte zu dir gesagt, als du bei der Wahl einer Tasche zögertest: »Nehmen Sie diese, in die können Sie auch die Babysachen packen.«

Eines Tages dann, als dir dieses Hin und Her mit der Kleidung zu bunt wurde, hast du eine wichtige Entscheidung getroffen, und das warst ganz du, zäh, mutig, keiner Schwierigkeit aus dem Weg gehend. Du hast verkündet: »Ich werde nähen lernen, dann brauchen wir keine Zeit mehr in den Geschäften zu verschwenden, in denen wir ja doch nichts finden, was mir passt.« Und du hast sofort begonnen, schneidern zu lernen, dann hast du dir eine Nähmaschine gekauft und dir ganz allein deine Kleider genäht. Deine ersten Kreationen haben wir sogar für die Ewigkeit festgehalten, wir sind zum Cap Ferrat gefahren, es war September, wo das Licht am schönsten ist, um, wie wir beschlossen hatten, »Modefotos« zu machen. (Eines von ihnen habe ich für dein Grab ausgewählt.) Und du hast tatsächlich wie für ein Magazin posiert. Du hast zum ersten Mal diese wunderbare Wickelbluse aus grünem Leinen getragen und eine dazu passende Schlaghose. Hinter dir die Kakteen und das Meer. Du hast gelächelt und mit den Augen gezwinkert, und man konnte sich fragen, ob dieses Augenzwinkern nicht auch uns beiden galt, unserer Komplizenschaft, unserem Triumph über das Schicksal und unserer gemeinsamen Bewunderung für deine wunderbare und so bescheidene Erfindungsgabe, deine Fähigkeit, das Hindernis zu umgehen, um es in einen Vorteil für dich zu verkehren und damit diese ganz neue Begabung unter Beweis zu stellen, die du gerade an dir entdeckt hattest.

Deine »Garderobe« nehme ich seitdem jedes Jahr aus den großen Reisekoffern, ich krame in allen Taschen in der Hoffnung – unvernünftig und vergeblich, da ich es schon Dutzende von Malen getan habe –, in ihnen etwas zu finden, das durch die Säfte deines Körpers, seinen Eiter, seine verderbliche Existenz eine Ausdünstung deines Körpers ist: ein vergessenes Tempotaschentuch zum Beispiel, das noch die gelbliche Spur des Kontakts des Zellstoffs mit deiner Nase, mit deinem Mund, mit deinen Händen trägt. Ich trete dann sehr schnell den Rückzug an angesichts der Armseligkeit meiner Ausbeute – nichts, was ich nicht bereits entdeckt, auseinandergefaltet und dann ehrfürchtig wieder zusammenzufalten versucht hätte, um seinen heiligen Charakter nicht zu zerstören; ein zusammengeknülltes Taschentuch, ein zerknittertes Stück Papier, dessen Wohlklang mich an diese Verse von Baudelaire denken lässt, die zu den Ersten gehören, die ich in meiner Jugend entdeckt habe:

Engel voll Frohsinn, kennst du die Angst,
[…]
Und das ungreifbare Entsetzen jener grausen Nächte,
Die das Herz zusammenpressen wie ein Papier,
das man zerknittert.

Bei anderen Gelegenheiten drehe und wende ich sie, hänge sie an die Luft, um zu vermeiden, dass sie muffig riechen, aber einen Augenblick später bereue ich schon wieder, dass ich etwas von deinem Geruch, von deinem Schweiß, von dieser unmerklichen, aber eben doch deiner Gegenwart, die in ihren Fasern hängt, auf diese Weise verschleudert, ausgelüftet habe. Ich lege dann all deine Kleider wieder in die große Nussbaumtruhe, in der sie verstaut waren, lege sie eins nach dem andern hinein, wie man ein Kind in seine Wiege legt. Ich bedecke sie nach und nach ganz sanft, indem ich sie übereinander lege und sie tätschele, um ihre lebendige Weichheit zu spüren. Ich habe dann das Gefühl, dass du in der weichen Sanftheit dieser dunklen und schimmernden Stoffe ruhst und zwischen ihren Falten schläfst.

Ich habe lange geschwankt, und es war eine echte Qual für mich, ob ich mich von deinen Kleidern trennen oder sie behalten soll. Ohne die Form deines Körpers flattern diese Kleider wie leere Marionetten. Ich beneide die praktizierenden Juden, die die Gebote der Religion streng befolgen und solche Gewissensfragen nicht zu entscheiden brauchen. Sie entledigen sich ihrer auf der Stelle. Aber manche deiner Kleidungsstücke scheinen mehr als andere immer noch von deiner Gegenwart und ihrer lediglich vorübergehenden Unbeweglichkeit zu zeugen, so sehr scheinen sie nur für die Nacht weggeräumt worden zu sein, um am nächsten Morgen wieder angezogen zu werden: ein T-Shirt, ein Pullover, eine Hose. Und deine Schuhe vor allem, in denen immer noch ein Paar Strümpfe steckt, die du aus Gewohnheit hineingeschoben hattest, aber diesmal war es das Letzte, wusstest du es? Ich drehe sie hin und her, und diese abgelaufenen Sohlen, an denen noch immer Erdklumpen kleben, sind so sehr ein Zeichen deines Körpers, eines Körpers, der sich bewegt, eines Körper, der geht, eines Körpers, der den ganz realen Boden berührt; du hattest übrigens etwas, ins Weibliche gewendet, von Giacomettis *Schreitendem Mann,* dessen zugleich zierliche und kräftige Gestalt wie eine Bugfigur den Raum zerteilt, dem sie sich mit luftiger Leichtigkeit verbindet. Und dann sind da diese beiden kurzen, identisch geschnittenen Stretchkleider, das eine apfelgrün, das andere pinkfarben, die mich an unsere Odysseen zu den Filmfestspielen in Cannes erinnern. Ich hatte dich eines Tages in einem von ihnen, es war das grüne, auf der Promenade de la Croisette fotografiert, in der Hand hieltest du ein Wassereis mit Pfefferminzgeschmack, und in deinen verlangenden Augen tanzte das Licht. Als wir das letzte Mal bei dieser Veranstaltung waren, die du immer leidenschaftlich verfolgtest, es war im Mai 1993, ging es dir schlecht, du warst nicht mehr im Stande, einen Film bis zum Ende anzusehen, weil deine Augen ermüdeten, und du hattest zu mir gesagt: »Mama, ich sehe doppelt.« Ich hatte dir geantwortet, bevor wir hastig den Saal verließen: »Das ist nicht schlimm, liebe Tochter, auf diese Weise siehst du zwei Filme zum Preis von einem.« Und da wir überhaupt nichts bezahlt hatten, war es ein doppelter Gewinn.

Ich dachte damals an meine Großmutter in Oran, die sehr pragmatisch war und sehr gut rechnen konnte. Wenn ich, als ich noch sehr klein war, ein paar Tage bei ihr verbrachte, kaufte ich mir jeden Morgen für fünf Francs *calentica* (ein köstliches Gebäck aus Kichererbsen, das den *soccas* ähnelt, Fladen aus Kichererbsenmehl, die man in der Altstadt von Nizza bekommt, dicker allerdings und weicher). Da dieses Stück mir jedoch in der Regel erst recht Appetit gemacht hatte, bat ich meine Großmutter, wenn ich zurückkam, regelmäßig um ein weiteres Geldstück, um mein Festmahl komplett zu machen. Als ich ihr eines Tages vorgeschlagen hatte, mir doch gleich zehn Francs zu geben, um mir diese sinnlosen Hin- und Rückwege zu ersparen, hatte sie mir geantwortet: »Mein Mädchen, für zehn Francs wirst du niemals so viel bekommen, wie du für zweimal fünf bekommst.«

Als kluge Wirtschaftsexpertin nanntest du das den »Mehrwert des Vergnügens«.

Andere Kleidungsstücke von dir erinnerten mich mit unerträglicher Intensität an den Stillstand deines Lebens (für meinen Geschmack war es zu sehr zum Stillstand gekommen, aber vielleicht hast du es nicht empfunden) und seine Verschwendung: all diese Jogginganzüge und Morgenmäntel, die du nur zu Hause trugst und die dir zur zweiten Haut geworden waren; oder jene, die du anzogst, wenn du aus dem Haus gingst und von denen du manche nur einmal oder nie getragen hast, Dutzende dieser »warmen Sachen« etwa oder Schals, für die du eine Schwäche hattest, du sagtest immer »das ist was für den Abend«, mit anderen Worten, um mit deinen Freunden Abendessen oder Tanzen zu gehen, was du mit Begeisterung tatest; Abende, auf die du dich den ganzen Tag vorbereitet hast, indem du dich schontest, um in Form zu sein, wozu auch der Mittagsschlaf gehörte, und die oft, um nicht zu sagen fast immer, zu Ende waren, bevor sie angefangen hatten, und im Grunde warst du erleichtert. »Uff«, sagtest du, »zum Glück bin ich nicht ausgegangen, ich war wirklich zu müde. Hier ist es schließlich auch sehr schön« (und das stimmte, das Haus war zu einem goldenen Käfig geworden, von oben bis unten so ausgestattet, dass du noch Jahre durchhalten konntest ...). Und ich sagte mir: Das Vergnügen, das es ihr macht, sich vorzubereiten, ein Bad zu nehmen, sich die Haare zu waschen, sich eine Gesichtsmaske aufzulegen (was du liebtest) und, nachdem sie Etliches durchprobiert hat, die Kleidung zu wählen, die sie anziehen wird, das kann ihr niemand nehmen, auch nicht diese glänzenden Augen, die sie in der Vorfreude auf das bevorstehende Vergnügen hat. Und ich war immer erstaunt und beruhigt, wenn ich spürte, dass du weniger enttäuschst warst, als ich gefürchtet hatte und als ich es selbst war; du erklärtest mir freundlich, dass ich mir keine Sorgen machen müsse, denn unter solchen Bedingungen auszugehen (mittlerweile hatte die Müdigkeit den Wunsch in den Hintergrund gedrängt und ausgelöscht) sei eine einzige Qual, und du seist viel besser im Bett aufgehoben, mit einem Buch und deiner Freundin, der Einsamkeit.

Schließlich habe ich mich doch von einigen deiner Kleidungsstücke getrennt (niemals aber von deinen Schuhen); einige habe ich Rabah gegeben, aber eher mit dem Gefühl, sie ihr anvertraut zu haben, indem ich sie zur Verwahrerin dessen machte, was dir gehört hatte und was daher ein wenig du war. Was mich tröstete und den Schmerz über diesen neuen Verlust aufwog, war die Gewissheit, dass sie von Mädchen aus ihrer Familie getragen würden, die so dank dir obendrein nach der neuesten westlichen Mode gekleidet sein würden. Ein kurzer Rock, aber doch nicht allzu knapp, ein Pullover, ein Mantel, und ich sagte mir, da ich deine so durch und durch aufrichtige Großzügigkeit kannte, dass du glücklich gewesen wärst, dass deine *Garderobe* denen zugute kam, die sie brauchten, und mehr noch, dass du die Gelegenheit erhieltest, ihnen ein schönes Geschenk zu machen, denn es waren nie billige Klamotten, und sehr abgetragen waren sie auch nicht. Ich hatte das Gefühl, dass ich dir auf diese Weise die Gelegenheit verschaffte, auf deine Weise altüberlieferte Bräuche des Tausches neu zu erfinden; es gefiel mir, mir ein junges Mädchen vorzustellen, das durch die Straßen einer orientalischen Stadt geht und stolz ihr üppiges Haar trägt und etwas von dir, dieses kleine Ensemble beispielsweise, das dir so gut stand; ich dachte, dass du damit zugleich auch deinen Traum verwirklicht hattest, den du seit deiner frühesten Kindheit träumtest, nämlich lange Haare zu haben, du, die du dich immer über deine Rattenschwänze beklagt hast. Als hättest du durch sie, die Anonyme, einen anderen Raum besetzt und würdest dort weiterhin strahlen.

Manche deiner Kleidungsstücke habe ich in meinen Kleiderschrank geräumt; einige habe ich niemals tragen können, und ich werde sie niemals tragen, sie sehen zu sehr nach dir aus, und ich hätte das Gefühl, sie dir gestohlen zu haben; andere, und die Gründe für diese Wahl sind mir nicht bewusst, trage ich, und sie versetzen mich in eine merkwürdige Euphorie. Als wäre ich in dich gekleidet und wärmte mich an deinem Körper.

Und nachdem ich schließlich einige deiner Kleidungsstücke verschenkt hatte, quälte mich der Gedanke, mich von ihnen getrennt zu haben, als hätte ich dadurch noch ein wenig mehr von dir verloren. In meiner Verrücktheit habe ich daran gedacht zu versuchen, sie mir zurückzuholen. Aber welche Suchanzeige hätte sie mir zurückbringen, das heißt, dich mir durch diese Stückchen Stoff wiedergeben können, die einmal mit deinem Körper in Berührung gewesen waren? Und als ich gestern den Koffer schloss, habe ich mich gefragt, ob ich nicht aufhören sollte, Mottenkugeln hineinzulegen, um sie zu schützen, wozu noch? Vielleicht sollte ich zulassen, dass sie ganz langsam zerfallen, rissig werden und ausfransen unter der geduldigen Arbeit der nützlichen Insekten.

Dann werde ich dir jetzt
eine Spritze geben,
damit du ein Schloss wirst.

(Amélie P., 7 Jahre,
Dictionnaire du surréalisme)

»Andrée, Andrée, als ob du kein Zuhause hättest!« Ich habe oft, und das war lange vor deinem Tod, an diesen Satz gedacht, den Tante Suzanne unaufhörlich wiederholt hatte, wobei sie sich auf die Schenkel geschlagen hatte und wie ein Derwisch um den Sarg von Andrée herumgelaufen war, die wie ihre Tochter war und die eine Leukämie im Alter von siebenunddreißig Jahren dahingerafft hatte.

Als wäre Sterben nichts weiter als ein Umzug und die Folge einer Laune.

Dein Zuhause ist der Cimetière du Château, den wir gewissermaßen in Analogie zu dem Schlossleben, das du führtest und noch immer führst, kurz »Le Château«, »Das Schloss«, nennen: dort ruhst du. Merkwürdige Labilität der Sprache, die durch den Wegfall zweier einfacher Anhängsel, des Pronomens und der Vorsilbe, der Ewigkeit überantwortet, was vorläufig war. »Ich ruhe mich aus«, pflegtest du zu sagen, wenn wir uns Sorgen machten, weil du mit geschlossenen Augen im Sessel saßest.

»Und nun ruhst du also, meine kleine Tochter, mit diesen Worten Eluards, die über dich wachen:

O Sanfte, wenn du schläfst,
Verbindet sich die Nacht mit dem Tag.

Der Besuch des »Schlosses«, vor allem ganz am Anfang, als du eine ganz junge Tote warst (denn jetzt gehörst du zu den Alten, bist der Ahn geworden, wie man in den primitiven Gesellschaften sagt, muntere Greise von achtzig Jahren und darüber), welche Hoffnung und welche Enttäuschung: Während des Bruchteils einer Sekunde habe ich die Gewissheit, dass während meiner Abwesenheit etwas passiert sein könnte (abgesehen natürlich von den Umgestaltungen, die der Friedhofsplan erfordert, was dir eine enge Nachbarschaft mit Neuankömmlingen aufzwingt, die du, ein Vorrecht, das ich dir in meiner Vorstellung zugestehe, »willkommen heißen« darfst – etwas, worum ich dich stets bat, wenn wir Gäste empfingen); ich rechne immer damit, und zwar ganz ernsthaft, ein Zeichen zu entdecken, und mag es noch so subtil sein, das mir deine Gegenwart bestätigt, die so gar nicht zu diesem Ort passen will – denn was hat dieses Grabmal aus kaltem Marmor mit dir zu tun, deren warme Schönheit noch immer strahlt? –: einen Zipfel deines Rocks, der aus der Kiste guckt, oder einen der kleinen silbernen Fische, die den Aufschlag deiner Socken zierten; und wenn du seit meinem letzten Besuch plötzlich aufgewacht wärst und die Wände deines »Zimmers« weggeschoben hättest mit den Worten: »Kuckuck, da bin ich, es war alles nur ein Scherz«, so wie du, als du klein warst, manchmal »tot stellen« spieltest? Alles um dich herum ist so lebendig, dass es mir unmöglich scheint, dass du nicht an diesem Leben teilnimmst: Die Vögel singen fröhlich wie zu der Zeit, da du selbst unbekümmert und unbeschwert und quietschvergnügt warst; die Bäume spenden dir großzügig ihren angenehmen Schatten; zwei Schritte von dir entfernt hört man das Plappern der kleinen Kinder, die aus dem nahen Kindergarten kommen; auf dem schmalen Weg direkt über deinem Kopf schlängelt sich ein kleiner Bummelzug, der an seinen Seiten Trauben von Touristen trägt, die sich, wenn sie auf deiner Höhe angekommen sind, aus dem Fenster beugen, um dieses Landschaftsschutzgebiet zu bewundern, wo zu wohnen du das einmalige Glück hast. Und von deinem Küstenbalkon aus kannst du zu deinen Füßen das Meer sehen, das die Stadt wiegt, deren kaum wahrnehmbares Rauschen zusammen mit dem Geräusch der Wellen zu dir heraufdringt.

Manchmal habe ich den verrückten Einfall, ich könnte in deine Wohnstätte einbrechen, um dort Überreste von dir zu suchen, die ich vergessen hatte, sie an mich zu nehmen, bevor du gingst. Eine Haarlocke, einen Zahn, einen Fingernagel, die ich wie ein Fragment von dir gehütet hätte und die dich weiterhin organisch mit mir verbunden hätten. Dann wieder ertappe ich mich, wie ich in der Biegung der Treppe, hinter der dein hängender Garten sichtbar wird, verrückt vor Sorge denke: »Und wenn sie nicht mehr da ist? Wenn man sie umgebettet hat?«

Doch nein, nichts hat sich verändert; nichts ist hier fehl am Platz, außer deiner Gegenwart.

Le corps, »Körper, Leichnam«: Auf Grund welcher merkwürdigen Ökonomie verwendet die Sprache dasselbe Wort, um den lebendigen und den toten Körper zu bezeichnen? Doch während der eine alle möglichen Adjektive zulässt, beifällige wie abwertende, man sagt von einem Körper beispielsweise, dass er schön sei oder missgebildet, verweigert sich ihnen der andere und wird mit Hinweisen verbunden, die dazu beitragen, ihn zu neutralisieren. Man sagt »*la levée du corps,* die Aussegnung des Toten« oder »*le corps a été transporté à la morgue,* der Leichnam ist ins Leichenschauhaus gebracht worden«; vor kurzem habe ich auch in einer Todesanzeige die folgende Stilblüte gefunden: »*En raison du transport, l'offrande de fleurs n'est pas envisageable au départ du corps,* wegen des Transports ist von Blumenspenden beim Fortbringen des Leichnams abzusehen« (*Le Monde,* 15. April 1993).

Zudem ist das Wort *corps* nur für eine gewisse Zeit verwendbar. So lange nämlich, bis der Tote ins Grab kommt. Danach kann man Synonyme mit subtilen Nuancen verwenden: *cadavre,* »Kadaver«, oder *dépouille,* »sterbliche Hülle«, von dem uns das Wörterbuch zwischen *dépotoire,* »Müllhalde«, und *dépouillé,* »entblößt, schmucklos«, sagt, dass es ein bildhaftes und literarisches Wort sei. Oder *reliques,* »Reliquie«, oder *restes,* »sterbliche Überreste«.

»Der Tod«, schreibt Bossuet in einer seiner *Oraisons funèbres,* »Grabreden«, und man verzeihe mir, dass ich hier mit meiner Bildung hausieren gehe, aber ich habe bis jetzt nichts Wahreres über die Semantik des Todes gefunden, »lässt nicht genug Körper zurück, der irgendeinen Platz einnehmen könnte, und man erblickt da nur die Gräber, die nach etwas aussehen. Unser Fleisch verwandelt sich bald in etwas anderes. Unser Körper bekommt einen anderen Namen; selbst der des Kadavers bleibt ihm, weil er uns immer noch eine menschliche Form zeigt, nicht lange; er wird ein ich weiß nicht was, das keinen Namen mehr hat, in keiner Sprache; denn es stirbt wahrhaftig alles an ihm, sogar diese Bezeichnungen für die Toten, mit denen wir seine unglücklichen Überreste benannt haben!«

Aber welchen Gattungsnamen soll ich dir geben, die du unter der Erde liegst, die du du bist und doch nicht mehr du?

Wenn ich dich besuche, gebe ich dir natürlich weiterhin alle Namen, die du gern hattest, und sogar die, die du nicht mochtest – ohne mich deinen Rügen auszusetzen; ich nenne dich mein Häschen, mein Mäuschen, meine Kleine, meine Süße, mein Schätzchen, mein Kätzchen, meine Schöne, meine Allerschönste, mein Knirps, aber ich kann dich auch »mein Baby« nennen, ohne dass ich dich sagen höre, oder besser, ich höre es nur allzu gut: »Ich bin nicht dein Baby.«

Der Tod ist dein privates Revier geworden, und ich habe dieses merkwürdige, vollkommen absurde Gefühl, dass jeder, der sich deinem Hoheitsgebiet, das du durch deine Gegenwart mit Licht erfüllst, nähert und es mit dir teilen will, es sich in gewisser Weise verdient haben sollte. Nicht dass ich morbide wäre, aber es kommt mir doch so vor, dass ich den Tod liebe, weil er jetzt mit dir eins ist und ich dich nicht mehr getrennt von ihm lieben kann. Es ist, als wärt ihr, du und er, in einem Kokon eingesponnen.

Du herrschst für immer über das Reich des Todes, meine Schlafende. Du bist in ihm eingekapselt, bildest eine Einheit mit ihm.

Wo bist du jetzt? Ich habe dich überall gesucht, in den Städten, auf den Straßen, am Himmel und in den Sternen, im Gesang der Vögel, in den Bäumen und in den Bächen, in den Flüssen und in den Meeren.

Ich glaube, dass ich dich schließlich gefunden habe, dort, wo ich es nicht erwartete.

In Sevilla zuerst, wohin wir ein Jahr vor deinem Tod zusammen gereist waren, das war 1992, wir wollten uns die Weltausstellung ansehen; erinnerst du dich? Wir haben gesungen, gelacht, getanzt, und du hast auch ein bisschen geweint. Drei Jahre später bin ich zum Uferweg in der Nähe des Callejón de la Inquisición zurückgekehrt, wo wir spazieren gegangen waren, und ich habe dich wieder auf dem weißen Weg am Ufer des Gualdaquivir laufen sehen, der von Laternen gesäumt wurde, die sich im Wasser spiegelten. Und ich habe sehr schnell das Gefühl gehabt, dass du mit diesem Uferweg, der von einer unwirklichen Transparenz umgeben war, eins wurdest, dass du eins warst mit dieser weißen Straße, die du verlassen hattest, die aber so erfüllt war von deiner Abwesenheit, einer so realen und dichten Abwesenheit, dass man sie hätte berühren, sie mit dem Messer hätte durchschneiden können; du warst tatsächlich dieses leuchtende, sehr reine Weiß geworden, umgeben von einem Hof großer Einsamkeit.

Und ich habe dir Lebewohl gesagt und bin fortgegangen, und ich hatte das Gefühl, dass du mir aus der Ferne mit der Hand zuwinktest.

Das zweite Mal war in Indien, im Herbst 1997; ich war auf den Berg Abut gestiegen, um diese außergewöhnlichen Jainatempel aus weißem Marmor zu besichtigen, und als ich zwischen den schweigenden Buddhas spazieren ging, deren Haltung an die Mona Lisa gemahnte, stürzten Scharen von Kindern auf mich zu, die mich baten, meinen Namen auf ihre Handflächen zu schreiben, die sie mir laut lachend entgegenstreckten. Ich erfüllte ihnen gern ihren Wunsch – schrieb allerdings mit dem einzigen Namen, der mir spontan einfiel, deinem, Muriel, Dutzende von Autogrammen. Du und ich, wir waren zu Stars geworden, oder besser, ich war dein Impresario, unseren Fans ausgeliefert, die immer zahlreicher herbeistürmten und sich fröhlich um das Almosen deines Namens stritten, den sie sich unter Freudenschreien weitergaben. Dann rannten sie ebenso plötzlich, wie sie gekommen waren, fort und nahmen ihren Schatz mit sich, den sie eifersüchtig in ihren zusammengeballten Händen festhielten.

Wie groß war jedoch meine Überraschung, als ich sie am Ausgang des Tempels wiedertraf, als hätten sie mich erwartet, um mir das außerordentlichste Geschenk zu machen, das ich je erhalten habe: Kaum hatten sie mich erblickt, stürzten sie sich erneut auf mich und riefen deinen Namen, *Muriel*, den sie sich mit unbändiger Freude gefügig gemacht hatten und mir mit einer Vielzahl von Händen, tätowiert mit deinem Siegel, endlos wiederholten.

Das dritte Mal schließlich war in Russland; vor einer Ikone im Moskauer Rubljow-Museum hat sich mir auf unglaubliche Weise die Bedeutung offenbart, die ich seit langem in einer der Darstellungen der Jungfrau Maria gesucht hatte, die mir nicht aus dem Sinn ging, weil sie ihr Kind nicht mehr in ihren Armen oder auf ihren Knien trug, sondern auf Höhe ihrer Brust, man nennt sie die Madonna des Zeichens – und beide blicken in dieselbe Richtung; ich habe dieses Bild immer, schon lange vor deiner Krankheit, nicht als die schlichte Allegorie einer Mutter, die ihr Kind unter dem Herzen trägt, verstanden, sondern als das einer Mutter, die seit jeher die Anwesenheit dieses Kindes *in* ihrem Herzen trägt. Dieses Bild hat mich jahrelang verfolgt, ohne dass ich wirklich wusste, warum, bis zu dem Tag, an dem ich endlich mit absoluter Klarheit verstand, wie sehr sie deinen Tod erhellte, überwältigend, vollständig, endgültig, und symbolisierte, was die Psychoanalyse als Trauerarbeit bezeichnet: Dein Tod ist, als wärst du in mich zurückgekehrt, als hättest du mich eingeholt und erreicht und wohntest nicht nur in einem Teil meines Körpers, sondern in meinem ganzen Wesen, du, die du in den letzten Minuten deines Sterbens nicht aufgehört hattest zu bitten, in unser Bett kommen zu dürfen, das heißt zur Quelle, zu den Ursprüngen, um die Schleife erneut zu beginnen.

Ich fühle mich daher als deine Hüterin, als Verwahrerin von dir, meiner Doppelgängerin, meines *Alter Ego,* aber wie lange noch? Und wer wird an meine Stelle treten?

Diese quälende Frage habe ich auf derselben Indienreise meinem Freund Krishna gestellt, ich saß neben ihm im Wagen, der uns von Neu-Delhi zum Flughafen brachte. Ich erklärte ihm, dass ich dieses Buch schriebe, damit man dich nicht vergisst, und dass meine einzige Sorge sei, wer dein Andenken wahren solle, wenn ich einmal nicht mehr da sei.

Er lächelte und antwortete mir sehr sanft, in einem Ton, der davon zeugte, dass er über alle menschlichen Ängste erhaben war, und mit so viel ruhiger Gewissheit, dass es ihm, glaube ich, gelungen ist, mich zu überzeugen. Deine Tochter lebt, sie ist da, und das ist das Einzige, was zählt, sie umgibt uns, sie ist Teil des Universums, wie die Erde, die Bäume, die Felsen, der Himmel, das Meer oder die Sterne. Glaubst du, dass sie dich brauchen, damit man sich an sie erinnert?

Ich habe nichts dabei zu verlieren, wenn ich es glaube, und die unerbittliche Logik seiner Argumentation passt so gut zu dir, Muriel.

Ich sehe dich, wie du mir zulächelst – ein Lächeln, das den Tiefen deiner unendlichen Sanftheit entspringt, und es ist, als wäre die ganze Welt in dein Licht getaucht.

Ich weiß jetzt, dass du mich nie verlassen hast, nicht mehr, als wir uns eines Tages verlassen werden, Muriel, du, das Kind, das ich nicht verloren habe.

Les Treilles, den 23. Februar 1999